全國高等院校古籍整理研究工作委員會重點項目

浙江大學「211工程」三期「古代文化典籍整理、研究與保護」項目

義烏叢書編纂委員會
浙江大學浙江文獻集成編纂中心　編

陳德調集

〔清〕陳德調　著
汪少華　點校

中華書局

圖書在版編目(CIP)數據

陳德調集/(清)陳德調著;汪少華點校. —北京:中華書局,
2019.9(2024.5 重印)
(義烏叢書·義烏往哲遺著叢編)
ISBN 978-7-101-12378-4

Ⅰ.陳… Ⅱ.①陳…②汪… Ⅲ.中國文學-古典文學-作品綜合集-清代 Ⅳ.I214.92

中國版本圖書館 CIP 數據核字(2016)第 314402 號

書　　名　陳德調集
著　　者　〔清〕陳德調
點 校 者　汪少華
叢 書 名　義烏叢書·義烏往哲遺著叢編
責任編輯　齊浣心　許旭虹
責任印製　陳麗娜
出版發行　中華書局
(北京市豐臺區太平橋西里 38 號　100073)
http://www.zhbc.com.cn
E-mail:zhbc@zhbc.com.cn
印　　刷　三河市中晟雅豪印務有限公司
版　　次　2019 年 9 月第 1 版
2024 年 5 月第 2 次印刷
規　　格　開本/880×1230 毫米　1/32
印張 5⅞　插頁 2　字數 85 千字
國際書號　ISBN 978-7-101-12378-4
定　　價　78.00 元

義烏叢書編輯部

主　編　吴小鋒

副主編　周大富

成　員　（按姓氏筆畫排序）

毛曉龍　金曉玲　胡　鶯　施章岳　孫清土　張旭英

張建鵬　張興法　傅　健　賈勝男　趙曉青　鄭桂娟

樓向華　劉俊義　潘桂倩

總序

汩汩義烏江，從遠古流來，流過上山文化，流經烏傷古縣，流入當今小商品之都，流成一條奔涌着兩千兩百餘年燦爛文明浪花的歷史長河。

義烏江流域，山川秀美，物華天寶，文教昌盛，地靈人傑。自秦王政始置烏傷縣，兩千兩百多年的歷史時期，勤勞智慧的義烏人在此耕耘勞作，繁衍生息，改造山河，創造了璀璨的歷史文化。

義烏地方文化，是中華民族文化的組成部分，因其獨特的地理環境和歷史原因，又具有自身鮮明的特徵。

義烏文化的獨特性，體現在「勤耕好學、剛正勇爲、誠信包容」的義烏精神裏，體現在「崇文、尚武、善賈」的義烏民俗裏，體現在「博納兼容、義利並重」的義烏民風裏。義烏精神及民風、民俗遂成爲源遠流長的中華民族文化之泓泓一脈，成了中國歷史上不可或缺的一頁。千百年來，義烏始終在傳承着文明，演繹着輝煌，從而使義烏這座小城魅力無限。

義烏自古崇尚耕讀，特別是唐代之後，學風漸盛，素有「小鄒魯」之稱。自宋以來，縣學、社學、書院及私塾等講學機構多有設立，而「莅兹土者，莫不以學校爲先務」。故士生其間，勤奮好學，蔚成風氣，學有成就，燁燁多名人。並且，輻射出巨大的文化能量，不僅本地名儒代有，在浩浩學海與宦海中大展宏圖，而且還活動過、寄寓過數不勝數的全國各地的文化名人，從文人學者到書家畫師，從能工巧匠到杏林名家，其生動活潑的文化創造與傳播，綿延不絕的文化承續與傳遞，從來没有湮滅或消沉過。在博大精深的中華文化領域裏獨樹一杆頗具特色的義烏文化之幟，在優雅千載的儒風中誕生了許多屹立於中華民族之林的英傑。也正是文化底蘊的深厚與文化内涵的博大，造就了令人神往的義烏，使其作爲中華文化淵藪的鮮明形象而歷久彌新。

歷史，拒絕遺忘，總要把自己行進的每一步，烙在山川大地上。

時間逝而不返，它帶走了壯景，淘盡了英雄，留下了無數文化勝迹和如峰的聖典。只有在經過無數教訓和挫折之後的今天，人們才逐漸認識到作爲一個複雜系統的組成部分，城市的各要素所具有的種種不可替代的價值和功能，它們飽含着從過去傳遞下來的信息，而《義烏叢書》正是記録這些信息的真實載體。

歷史是無法割斷的，許多古老的文化至今仍然在現實生活中發揮着重要作用。當我們向現代化的目標邁進時，怎樣繼承古老文化的精華，剔除其封建糟粕，在傳統文化的基礎上建立社會主義新的文化格局，是一個擺在我們面前與物質生産同等重要的任務。

一位哲學家曾經説過，哲學就是懷着鄉愁的衝動去尋找失落的家園。今天，我們正處於一個重要的歷史性轉折時期，越來越多的有識之士也開始意識到，對民族民間文化源頭的追尋迫在眉睫。鑒於此，我們編纂出版《義烏叢書》，具有深遠的歷史和現實意義：

搶救文化典籍，古爲今用　文化典籍中的善本古籍，是前人爲我們留下的寶貴精神財富和歷史見證，極富文獻價值和文物價值。義烏歷代文士迭出，著述充棟。這些歷經滄桑而幸存下來的「國之重寶」，或出於保護的需要，基本封存於深閣大庫，利用率甚低；或由於年代久遠，幾經戰亂，面臨圮毁。如今，《義烏叢書》編纂工作的啓動，爲古籍的保護與使用找到結合點，通過影印整理，皇皇巨著撣除世紀風塵，使其化身千百，爲學界所應用，爲大衆所共享；同時，原本也可以得到保護。真可謂是兩全之策，是爲民族文化續命，是爲地方文化續脈。

繼承傳統文化，發揚光大　在義烏歷史上，有許多人文典故值得挖掘，有許多可歌可泣的先進事迹值得記載。撥浪鼓文化需要傳承，孝義文化值得發揚，義烏兵文化應予光大。但由於歷史上的義烏是個農業縣，文化底蘊雖然深厚，載入史册的却寥若晨星。而深厚的歷史文化傳統能孕育和産生强大的文化力，能爲塑造良好的城市形象提供重要基礎，這種文化力所形成的精神力量深深熔鑄在城市的生命力、創造力和凝聚力中，是推動城市經濟和社會進步的内在動力。因而，《義烏叢書》編纂者堅持傳統文化與現代文化相銜接，精英文化與大衆文化相兼顧，創作出義烏歷史上從未有過的文化系列叢書，既是精神文明建設的需要，也是物質文明建設的需要。

追溯文化發源，承前啓後　義烏經濟的發展，並非無源之水，無本之木。「參天之木，必有其根；環山之水，定有其源。」義烏發展的文化之源、義烏商業的源流之根、義烏文化圈的形成特質，包括宋代事功學説對義烏「義利並重、無信不立」文化精神的影響，明代「義烏兵」對義烏「勇於開拓、敢冒風險」文化精神的影響，清代「敲糖幫」對義烏「善於經營、富於機變」文化精神的影響等。因而，如何用文化來解讀義烏，也成了《義烏叢書》的重要組成部分。

廣義的文化幾乎無所不包，狹義的文化基本限於觀念形態領域。從以上包含的内容可看出，《義烏叢書》對「文化」的界定，似乎介於廣、狹之間，凡學術思想、哲學原理、科技教育、文學藝術等多個類别與層次，均在修編範圍之内。

幾千年歲月藴蓄了豐贍富饒的文化積澱。面對多姿多彩、浩瀚博大的義烏文化形態，我們感受到了其内在文化精神的律動。

保存歷史的記憶，保護歷史的延續性，保留人類文明發展的脈絡，是人類現代文明發展的需要。如今，守望歲月的長河，我們不能不呼籲，不要讓義烏失去記憶。

《義烏叢書》卷帙浩繁，她集史料性、知識性、文學性、可讀性、收藏性於一體，以翔實的史料、豐富的題材、新穎的編排，全景式地再現了江南「小鄒魯」的清新佳景和禮儀之邦精深的内涵。走進她，就是走進時間的深處，走進澎湃着歷史的向往和時代的潮音的實地，去領略一個時代的結束，去見證另一個時代的開始。宏大精深的傳統文化曾經是，也將永遠是義烏區域文化賡續綿延的基石，也是義烏繼續前進乃至走在全省、全國前列的力量。在建設國際商都的進程中，搶救開發歷史文化遺産，掌握借鑒先哲遺留的豐碩成果，是全市文化學術界的共同期盼。因而，編纂這套叢書既是時代的召喚，也是時勢的需要。

習近平總書記近年來一直强調，文化自信是更基礎、更廣泛、更深厚的自信。我們認爲，地方文化是中華文化的本質特徵和根本屬性，是中華文化的重要代表。我們對地方文化源頭的追尋，正是爲了堅定我們中華文化的自信。這也正是我們編纂出版《義烏叢書》的主旨與意義所在。

義烏叢書編纂委員會

目録

存悔堂詩草

七言絶句 一四五

前言

《我疑録》一卷附《讀古本大學》一卷，《存悔堂詩草》一卷，清陳德調（一七六九—?）撰。德調字鼎梅，號燮堂，義烏人。嘉慶十三年（一八〇八）舉人，十六年（一八一一）進士，十八年（一八一三）改教官，道光二年（一八二二）補授衢州府學教授。

德調博覽群書，尤長於經史，「讀書必深求義蘊，不肯稍付囫圇；作文必統會全神，一皆自出機杼」。德調善疑，善於疑中求信。當時科舉考試以四書五經命題，所課制藝，不得違背朱熹注，否則以犯令論。而德調講授經傳，多與朱熹不合，於《大學》《論語》《孟子》朱熹注頗有疑問，作《我疑録》一卷，徵引詳確，實有爲朱熹所不逮者。例如「道不同，不相爲謀」，朱熹注：「不同，如善惡邪正之類。」德調認爲「惡者邪者更不可以道言」，「善惡邪正，如冰炭之不相入，不相爲謀自不待言」，這裏的

「不同」應「如清、任、和之各行其是而不相謀」。又取《大學》古本，潛心玩索，作《讀古本大學》一卷，其所言即知即行之旨，與王陽明不謀而合。《存悔堂詩草》一卷，收録五言古詩三十九首、七言古詩二十五首、五言律詩三十八首、五言排律一首、七言律詩五十三首、七言絶句三十四首，附録詞一首、駢文一篇。

德調任衢州府學教授二十餘載，家境窘困。門人憐憫，爲他購置近郊良田數頃，用以養老。死後即葬於衢州小南門外三里許之千囊畈。《存悔堂詩草》道光末年始由其衢州門弟子刊刻，《我疑録》道光三十年（一八五〇）由族人陳坡太守付刻印，但不久遭兵燹，兩書版毁，書亦散失。一九三三年，黄侗將家藏鈔本《存悔堂詩草》付印（加案語十餘處），又借吴逵卿家藏《我疑録》刊印，輯入《義烏先哲遺書》（《中國叢書綜録·總目》著録《我疑録》一卷附《讀古本大學》一卷、《存悔堂詩草》一卷，將「陳德調」誤作「程德調」[一]）。黄侗（一八七三—一九三九），字曉城，號無知氏，義烏人，清末科秀才，同盟會會員。歷任浙江省第二屆議會議員、省統税局長、省會警察局秘書、華洋義賑會委員，著有《義烏兵事紀略》。

〔一〕《中國叢書綜録·總目》四四四頁，上海古籍出版社，一九九三年。

點校凡例

一、此次整理，以復旦大學圖書館藏一九三三——一九三六年義烏黄氏鉛印本《義烏先哲遺書》爲底本（封面上有字樣：義烏縣應徵浙江省文獻展覽會出品。應徵者姓名及住址：義烏城内黄侗）。《我疑録》《存悔堂詩草》均附有勘誤表。

二、對所收各文均施加新式標點。

三、底本中的异體字均改爲規范字，古今字、俗體字原則上保留底本文字原樣，不作改動；避諱字回改，不出校。

我疑録

黄侗識語

壬申九月三日，爲余六十初度，故鄉親友醵金爲壽。辭不獲已，遂將是項收入移作印書費。蓋吾邑近百年間，鄉先生之有著述者，除陳西橋太守、朱竹卿聘君、朱蓉生侍御業已梓行外，所有其他詩文集亦復不少。徒以後起無人，每多湮没，良可慨也。現擬陸續印行，冀存地方文化於萬一。而又苦壽金所入爲數無多，不濟於事。玆有内侄駱和笙在首都充法部秘書，交游頗廣，登高而呼，四山皆應，所籌款項約占全部印刷費四分之三。余既得此大宗，則家藏先正遺文儘可悉數付印，此實吾生平一大快事，特志之以爲紀念。至襄校事最得力者，則爲老友吴君鏡元也。癸酉黄侗識。

序

陳鼎梅先生爲吾鄉先達，博覽群書，尤長於經史，其遺著有《我疑録》一卷、《存悔堂詩草》一卷。《詩草》爲其門弟子所刻，《我疑録》則道光末年族人陳東屏太守爲付剞劂，但不久遭兵燹，版毁書亦散失。迄今八十餘載，人事代謝，古今變遷，邑中幾無人能道其姓名矣。今夏余將家藏鈔本《存悔堂詩草》付印，又聞老友吴逵卿家藏有《我疑録》刊本，亟向借閲，乃知作者所言多於《大學》《論》《孟》諸篇有疑問也。夫《大學》《論》《孟》爲吾儒日誦之文，何疑之有？曰：疑其注也。注《大學》《論》《孟》者百十家，疑何人也？曰：疑朱子也。朱子爲有宋大儒，注四書且七易稿，又爲晚年之作，豈尚有可疑者存耶？曰：千慮之失，智者不免。必謂四子書經朱子注後遂毫無疑義，未敢信也，况朱子注四書亦誠有可疑者。他姑勿論，《大學》爲孔氏之遺書，薪火相傳，二千餘載。漢儒且不敢點竄一字，而朱子擅爲割裂，謂某章有脱簡、某節爲衍文、某條宜在前、某段宜在後，又敢謂「格致」一章今已亡矣。朱子果何所據而云然？前明王陽明先生因朱子誤解「格致」，而有古本《大學》之訂定。雖當時忌陽明者略有争辯，而知行合一之説終不可破。迨前清道光間，吾鄉陳鼎梅先生出，又憤南宋諸儒空談性理，正心誠意之言滿天下，而君父被擄、社稷蒙塵，卒不救於亡國，致使後世學者疑孔門學術爲無用，不誠冤哉？用是取《大學》古本潛心玩索，作《自述》一篇，附載卷末。其所言即知即行之旨與姚江不謀而合，則其有功於聖門，或亦不在陽明下歟？惟陽明揚歷中外，際遇顯隆，功蓋寰區，名垂奕世。其學説不獨國人欽仰，即扶桑三島亦復崇拜不違。而鼎梅先生朝餐苜蓿，夕擁青氈，僅以冷官終其身，不誠可悲矣乎？今吾印其遺文，固爲先正存著作。然甚望後之學者讀先生之書，志先生之志，本即知即行之旨，出而問世，建殊勛、立大業，俾我中國日臻上理，不復如南宋之立見敗亡，則先生在天之靈既可告慰於萬一，而吾儕爲之刊書者亦當與有榮施焉。民國二十二年八月，同里後學黄侗撰於杭州客次。

舊序

鼎梅少余二輩，而年則逾十以長。余弱冠，即同受業於族祖鶴亭夫子，見其讀書必深求義藴，不肯稍付囫圇；作文必統會全神，一皆自出機杼，竊心契之。既而各以家務，不遑負笈，遂約其中表弟傅君良弼及余與堂兄子農四人者，自相磨礪，暇則聚議一堂，試則同寓一室，大率以鼎梅爲先路。如是者十餘年，幸相繼各獲科名，而鼎梅則捷步南宫矣。自以不耐繁劇，就鐸三衢，余兄弟亦出宰楚蜀。天各一方，無復當年奇疑賞析之樂。荏苒光陰，忽將周紀，適余自楚南擢赴楚北，與鼎梅相去不遠，猶得於郵遞中證得失焉。閲數年，余以年邁謝事回，而鼎梅已歸道山。檢故篋中，得其所寄《我疑録》及《讀古本大學》二册。夫讀古人書者，在於能信。顧不於疑中求信，則所信終惝怳耳。鼎梅善疑，此鼎梅之所以善信也。然鼎梅以疑質余，而余不能決其疑，是鼎梅疑，余不且共疑乎？今鼎梅已矣，良弼墓木已拱，子農尚羈宦川中，而余一息尚存，猶望天下有以定吾疑，則鼎梅之啓吾疑者，能不藉爲稽疑之蓍策耶？至《讀古本大學》，乃鼎梅之因疑而得信者，故於裒集鄙作時并付梓人。非徒以存亡友之遺徽，亦驗余四人平日之斤斤考信者，胥鼎梅有以發其疑，則將以此爲疑案之存也可，即以此爲疑團之破也，亦無不可。道光三十年孟春月，愚叔祖東屏坡志，時年七十有一。

小傳

民國二十二年九月，同里後學黄侗撰

陳德調字鼎梅，號燮堂，義烏人。清嘉慶辛未進士，癸酉改教官，壬午補授衢州府學教諭〔一〕，與門弟子講學，重實行，撤空言。時朝廷功令仍前明舊制，隆重朱子，凡試士以四書五經命題，所課制藝，不得違背朱注，否則以犯令論。而德調講授經傳多與朱子不合，聞者駭走。然考其所言，徵引詳確，實有爲朱子所不逮者。嘗語人曰：「聖學貴實踐，宋儒托空談，吾不忍媚古人於一時，誤後學於萬世也。」其不爲苟同，每如此。官衢州二十餘載，家益貧。門人憐其遇，爲置負郭田數頃爲養老計，殁即葬於衢州城南三里許千囊畈。著有《我疑録》一卷、《存悔堂詩草》一卷。

〔一〕「諭」疑當爲「授」。

賢賢易色

按：賢賢好色，指兩人言，言賢人之賢而易人好色之心，好善有誠也。若泥注中「其」字，則賢賢者此人，好色者亦此人，將見賢時，易好色之心以賢賢；見色時，又易賢賢之心以好色乎？

退而省其私

燕居獨處中，何事可發，何從加省？爲夫子者亦豈能伺其寢處之地而窺之？若日用動静語默，又非燕居獨處所概有者。竊意非侍坐于聖人之側，皆是私，「足發」是結結實實從視聽言動上發揮出來，非僅發明所言之理之謂。

「哀公問社」章

始吾讀此章而大有疑焉：哀公之懦已甚矣，豈能因宰我一言遽啓其殺伐之心？且宰我僅一言之發耳，何遽以「成事」、「遂事」、「既往」目之？豈哀公果聽宰我之言而大肆其殺伐乎？迨反覆數四，而知聖賢同一憂魯苦心也。是時三家僭横，食言而肥，君臣相惡，莫可終日。公之問社於宰我，非真問社也，殆惴惴乎有殷屋之懼矣。宰我之對，亦非泛陳典故也。言夏后氏用松，殷人用柏，而周人時用栗者，意使民見而戰栗耳。公平日不能修政以自强，而威權下移，一至此極。教猱升木，誰予其漸？然斯言也，非勸其將來也，説其成事也，諫其遂事也，咎其既往也。孔子曰：成事不足説也，遂事不足諫也，既往不足咎也。一變至道，亦幸邀周公伯禽之靈而已矣。

「君子懷德」四句

聖人下字，各有攸當，非若文士之變易求新也。如他處言「懷居」，此變言「懷土」；他處言「放利」、「喻利」，此變言「懷惠」。夫「懷土」非「懷居」比也。「懷居」者有縱逸自安之意，「土」則人之所賴以生。先王别五土之宜以利民，故曰「厥心臧，惟土物愛」，懷之不爲過分。「懷惠」又非貪利比也。貪利者有非分争奪之思，「惠」則人自與我，或出於君上之恩施，或出於朋友之饋遺，「懷」之豈盡喪廉？且變「惠」言「利」而以爲小人懷利可也，若變「懷」言「貪」而以爲君子貪刑，不大笑話乎？蓋此「君子」、「小人」以分位言，猶如士、農之别。言君子當懷德，不可如小人之僅懷土也；君子當懷刑，不可如小人之僅懷惠也。「德」與「土」皆我之所固有者，「刑」與「惠」皆人之加諸我者，故相對成文。

「孟武伯問子路」章

注云：「三子[一]之於仁，蓋日月至焉者。或在或亡，不能必其有無。」如此，則以仁爲暗中摸索之事也。聖門爲仁，只在人倫事物上篤實做工夫，而不遁此心於空虛無麗之域，夫何不可知之有？且三子之所就，謂難語於純全之域，則可；謂非仁者之真實學問，則斷不可也。特仁道至大，三子未可以一長而概稱，而其事又或武伯所未及知者，故以「不知」答之，豈真謂三子之無與於仁哉？

既言「不知」，而又以三子之才告之者，見武伯能用三子之才，即能用三子之仁，而不必於才外求仁也。

〔一〕「三子」，朱熹《論語集注》作「子路」。

伯夷、叔齊不念舊惡

此當與《孟子》之言參看。《孟子》曰「伯夷，聖之清者也」，其言皆從惡惡正面極力形容聖人，却把他不見有惡時翻轉一看，覺更清到極處。「怨是用希」，爲不善學夷、齊者進一良方，其實夷、齊意中一概不計。「不念舊惡」，此清者之量。竊謂群聖皆可以量言，惟夷、齊不可以量言。蓋夷、齊心頭譬如一面寶鏡，本無塵滓，自然些子難容。及既脱去，仍是一片空明，含容寬恕，概無所用。

與朋友共，敝之而無憾

按：此句讀之錯也。以「與朋友共」成句、「敝之而無憾」成句，「敝之」屬友，則「憾」字自應改作「恨」字，不知「無憾」是自快然，心慰與憤恨字全不相假。且如此亦不過一豪俠行徑耳，與聖賢心事何與？愚意當讀「與朋友共敝之」成句、「而無憾」成句。

言願有此車馬輕裘與朋友久共，直至敝之，而此心始快然無憾。「敝之」不屬己亦不屬友，極言其志同道合，願與久處，以輔吾仁意。必言「車馬輕裘」者，自奉則敝緼不恥，愛友必極服御之選而後快。適館授餐，緇衣改爲，古人好賢往往如是。至顏淵之「無伐善，無施勞」，有善事不敢自伐，有勞事則毅然自任，不敢施之於人，顯然明白。「施」字作「張大」解，仍是「無伐善」一句耳。

其餘則日月至焉而已矣

「其餘」非他，曾子、閔、冉而下皆是也。諸賢雖未至於純全之域，要皆志於仁者。志於仁者無惡，私意間之則惡矣。至謂其「或日一至焉，或月一至焉」，則是「日月至焉」之後，純以私意用事。聖門弟子終日求仁，何遽至此？竊意違與不違，就精神力量言，不以公私理欲言。顏子精神足、力量大，故能持至三月之久，而始終不違。其餘精神、力量不及顏子，故或持至一日之間不能無少差錯，或至一月之間不能無少差錯，要其用力於仁則一而已矣。

「井有人焉」章

此非宰我憂爲仁之陷害也。孔子時异學亦漸起矣，原壤之夷俟，莊列之放廢也；以德報怨，黄老之退讓也；微生之固、荷蕢之果，楊氏之爲我也。而煦煦爲仁者，又有「摩頂放踵利天下爲之」之説。宰我大疑之，故曰：「仁者，雖告之曰『井有仁焉』，其從之也？」「仁者」指世之論仁者而言，玩「雖」字、「其」字、「也」字語氣，便有大謬不然意。至聞夫子之言，始知仁道之大矣。然非宰我之問，則無由發也。

子見南子

注：「古者仕於其國，有見其小君之禮。」毛西河謂其於禮文無據，而究未明子路所以不説之故。蓋此與「主顔讎由」爲一時事。彌子謂子路曰：「孔子主我，衛卿可得。」孔子曰：「有命。」進以禮，退以義。今又去見南子，則仍是非禮之進，與主彌子

何异？故子路不説，而非謂小君無可見之禮也。「否」字亦跟彌子來。蓋主彌子，夫子之所否者。今見南子，人亦疑夫子爲否，故誓言以明之。「予所否者」，古者誓詞多用「所」字打頭，如「所不與舅氏者」之類。「天厭之！天厭之」，言若予所否者，則天應早絶我，復何能行道於天下哉？

從古宵小多托名流以自重，彌子不得於己，則假南子以要之。南子之請見，亦必挾君命先之，故不得不見。要之，聖人道大德宏，其所見者即是聖人之禮，何必於禮外求禮哉？

用之則行，舍之則藏

不是「用則行，舍則藏」，不是「用我則行，舍我則藏」，兩「之」字俱有真實經濟。以顔子言之，定是四代禮樂，言「用之」則把許多經濟一齊展布出去，而行之不是空行；「舍之」則把許多經濟斂藏，有待而藏之，不是空藏。這個本領，惟我許爾有是夫。「與」猶許也，「惟」之爲言獨也。獨我許爾，言他人不能知也。子路疑顔子文事有餘而武備不足，故以行軍爲問。豈知「臨事而懼，好謀而成」，正惟顔子優爲，乃知平日所藏無所不有也，前後三「與」字一氣相應。

子行三軍，則誰與

謝氏曰：「子路以行三軍爲問，志益卑矣。」嗚呼！行軍之事果卑耶？夫子論政，足食兼以足兵，朝廷設官，司徒不廢司馬，禹敷文命而有三苗之征，惟師尚父而膺燮伐之任，豈盡卑耶？且孔子不與子路，則所與者必仍屬顔子，豈顔子亦卑耶？嗟乎！南宋之蹙已甚矣，忠貞百戰者斧鑕一時，高談游食者俎豆千古，則其謂之卑也亦宜。

三以天下讓

解此章者，讓商、讓周，迄無定論。至所云「大王因有翦商之志」者，揆之君臣大義，終覺不安。按《吴越春秋》：「泰伯曰：『吾以伯居長有國〔一〕，絶嗣者也。』」則知泰伯無子，讓亦仲雍之國，不讓亦仲雍之國也。仲雍去，而仲之子有季簡，則國又季簡。王季可以公有之國，而非必定屬王季之國也。然而王季之賢，過於季札；而泰伯、仲雍之愛王季，則又甚於謁與餘祭與夷昧，故伯而欲致國於王季，必率仲雍而偕去之。而仲之子季簡留則或如後世吴公子光之事者，亦未可預料。故必并季簡而俱去之，始得遂其讓國之志矣。此其意大王或知之，大王立王季之心則有之，不然，伯仲何以皆捨得遠去。而王季未必知之。王季即知之，而終亦無可如何，而民則不能知也。孔子偶讀周家遺事，而恍然曰：今而知周之有天下，皆自泰伯之讓來也。然而仲雍讓之、季簡讓之，而皆歸於泰伯之讓，故曰「三以天下讓，民無得而稱焉」。雖然，此亦無據之談也。上下數千年，人事之變遷，史書之失載，何可勝道？則亦安知在商時果有「三以天下讓」之事者？何必定在父子兄弟之間哉？子曰「民無得而稱焉」，吾儕小人，亦安於民而已矣。「至德」猶云隱德，不必深看。

〔一〕《吴越春秋·吴太伯传第一》作「吾以伯長居國」。

三分天下有其二，以服事殷 文王無六州歸附之事説

按：此節承上文「才難」而言，則所謂三分有二者，亦當指才講。「三分天下有其二」，言三分天下之才，殷得其一，周有其二；「以服事殷」，言周率此有二之才以事殷，冀與殷并合而一之，以比唐虞之盛，而殷顧不能，則殷之過也。殷才當指三仁講，殷指三仁而周有十亂，則三分而有其二矣。「至德」亦對唐虞講，蓋馭才者德，言唐虞惟至德，故能用五臣，以極人才之盛。然以觀有二事殷之周，唐虞固至德，而周亦未始非至德也。而康成鄭氏顧有六州歸附之説，竊謂以德化論，自宜天下歸心，何止六州？若以土宇論，則文王世爲殷臣，而此六州者無論力征德服，概收而入姬氏之版圖，愚夫愚婦知其不可，而可以厚誣至德之文王乎？乃朱子亦云：「觀戡黎，逼近紂都，看來文王只是不伐紂耳，其他亦都做了，如伐崇、戡黎之類。後人因『以服事殷』一語，委曲迴護。其實孔子只是説文王不伐紂耳。」噫嘻！是非鄙儒所敢知也。夫人臣無將，將則必誅。戡黎之事，豈特將而已哉？既戡黎矣，尚謂之不伐紂；僅

不伐紂耳，便謂之事殷，且謂之至德，則後世奸雄所謂吾其爲周文王者，亦可以問心無愧矣。

《史記》稱「紂赦西伯於羑里，賜之弓矢斧鉞，使西伯得征伐」，則知一切征伐皆出紂命，而非文敢擅爲；所得土地皆出紂賜，而非文敢擅取。《詩》曰「文王受命，有此武功」，正謂此也。或疑如紂之暴，安肯授命於文王？是又不然。紂雖暴主，其才識必有大過人者。彼其心以爲文王聖人也，吾授以征伐之柄，則西南諸侯皆不敢肆，而我乃得恣其耽樂之爲。其囚文王於羑里者，讒佞之蔽也；其囚之而終釋之者，蓋深念其小心之節、蒙難之貞，憬然悔悟，而不關乎洛西之獻、閎散之謀也。夫以紂之至暴，能使之傾心若是，則信乎至誠之感，而文王之所以爲至德也。然則戡黎而何以祖伊恐乎？曰：戡黎者，武王伐紂時事也。西伯者，代文王而爲西伯也。黎者，天子近畿之國也。黎既戡，而紂之國都震矣。是以祖伊恐、紂恐，并微、箕諸賢亦一齊俱恐。故《西伯戡黎》與下《微子》一篇，皆一時事也。然則武王獨可伐紂乎？曰：文王憂萬世之無臣，武王憂天下之無君，亦是一說。然以文王之心事觀之，終不忍以紂爲獨夫也。

《皇矣》之詩云：「帝謂文王：詢爾仇方，同爾兄弟。以爾鉤援，與爾臨衝，以伐崇墉。」指其人、指其地并攻伐之器具而鑿鑿言之，絶非神靈恍惚之談。乃釋詩者於「帝謂」字概以天命當之。吾謂此蓋文王受命於紂，而詩人摘録其册命之詞也。蓋古者「帝」、「王」通稱，故夏帝啓以下皆稱「帝」，而紂先亦有帝乙。况國人作詩咏文王，以臣對君，則於紂自合。以「帝」稱其指天而言者，則加「上」字以别之，明人君不敢與天并尊也。亦有本同是天而分主五方之職者，亦惟謂之「帝」而不謂之「上帝」，如《周禮》「祀昊天上帝」，又云「祀五帝亦如之」，及《月令》「大饗帝」、「大雩帝」之類；又有杳渺恍惚之神而謂之「帝」者，如「夢帝賚予良弼」、「履帝武敏歆」之類。其他經傳稱上帝者皆稱「天」，單稱「帝」字者皆稱人帝也。然則本詩三稱「帝謂」，皆謂帝紂之命也：「維此王季，帝度其心」，謂殷先帝度王季之心也；所謂「帝遷明德」、「帝省其山」、「帝作邦作對」，皆謂大王受殷帝之命以遷岐也；并《文王》篇之所謂「帝命不時」、「在帝左右」者，謂文王時時受紂之命，一升一降，皆在紂之左右也。論者不察，概舉而歸之天。夫天者君之君也，君者臣之天也。使文王不有於君，何有於天？舍昭昭之天，而求諸冥冥之天，夫亦與於逆天悖理而不自知也。

按：《竹書紀年》：「武乙三年，命周公亶父賜以岐邑。」蓋古者無有封而不告，況遷國大事乎？則「帝遷明德」爲殷帝遷明德之君，更無疑義。

《論語》「皇皇〔一〕后帝」本指夏先帝而言，《湯誥》作「上天神后」；「簡在帝心」本指簡在夏先帝之心而言，《湯誥》作「簡在上帝之心」，即此可見古文《尚書》之僞。

文王疆域，不知所届。觀《牧野》誓師之言曰：「逖矣，西土之人！」而自「友邦冢君」外，從王渡河者不過「庸、蜀、羌、茅」近西諸小國而已，則知文王疆域本不出雍州之外，故誓師慰勞，更無他及。又所云「我文考文王，大邦畏力，小邦懷德」者，或兼指南國諸侯。然但言懷德畏威，顯非得其地而有之矣。或言《詩》云「有如召公，日辟國百里」者何指？曰：此武王得天下後事也。《樂記》曰：「《武》始而北出，三成而南，四成而南國是疆，五成而分，周公左，召公

〔一〕「皇皇」原訛「皇王」，據《論語·堯曰》改。

右。」蓋紂既伏誅，命周公以征東方諸侯，命召公以定南國諸侯，《詩》言當即指此。而二南分陝之説，亦即從此而托也。

「季氏富於周公」章

冉求聖門高弟，目以黨惡害民，則是侯門鷹犬，爲王法所不宥者，何但鳴鼓之攻而已？不知此章是借冉求以責季氏也，開口言「季氏」，首惡有歸矣；言「富於周公」，公室匱甚矣。求之聚斂附益，非必奪君剥民也。求有足民之才，經畫區處，迥异尋常，民力之振興、物産之豐阜，自然加倍；而賦税之踴躍輸將，亦自然加倍。斂不期聚而自聚，益不期附而自附，而季愈富矣。但斯時公室匱甚，爲季氏者自擁多資，不能出所餘以濟公家之患；爲冉求者但知忠於所事，不能竭力勸季以致其忠公爲國之忱，此其所以不能無罪。孟子所謂「無能改於其德」者，亦正指此，其實總是責季之意居多。

回也其庶乎，屢空

按：即以「屢空」爲「近道」不可，以「近道」爲一事、「屢空」爲一事，義亦不圓。竊意下文以「不受命」與「貨殖」對舉，則此所謂「庶乎」者，亦當是庶乎知命意。

「子畏於匡」章

注：「陽虎曾暴於匡，故匡人圍之。」

按：《史記・世家》：「孔子去衛，將適陳，過匡，顔刻爲僕，以其策指之曰：『昔者吾入此，由彼缺也。』匡人聞之，以爲陽虎。陽虎嘗暴匡人，孔子狀類陽虎，拘焉五日。從者爲甯武子臣於衛，然後得去。」竊意人即有錯認，未有并其衣冠僕從而概錯者。且孔子并從者不過十數人，匡人見之便可害之，何必圍之？圍之五日，又何爲者？且顔淵與孔子一同被圍，下章顔淵何以獨後？如或子在圍而顔淵先脱，則下當云「子圍於匡，顔淵先」矣。按匡在宋地，而歷考諸書，又與遭宋桓司馬爲先後時事。

安知匡非桓魋之采地，或即其黨惡受魋之命以要孔子，孔子知其害己，微服避脱，一時從者倉猝落後耶？意畏匡與桓魋本一事而兩記之，而後人誤認爲兩事，故造一番説話來，而不自知其非也。又按：此與「桓魋」章皆有「其如予何」語，而稱天以自信意亦相似，其爲一事而互記之無疑也。

「莫春者」至末節

按：此節内外注直説到「天地同流，堯舜氣象」上去。竊以爲聖學不空言氣象也，且此章論經濟，非論道學也。點蓋謂三子各有用世之撰矣，然究竟知我何人、用我何日，點則不預言，撰亦并不待人知。現在春服可服則服之，童冠可與則與之，舞雩、沂水可風、浴則風、浴之。倘异日知我有人，亦且再作理會。此本素位而行、待時而動之意，然已不覺將夫子不怨不尤心事信口道破，故「喟然嘆曰：吾與點也」。若夫以泉石嘯傲爲清高、賢勞鞅掌爲多事，此西晋祖尚玄虚之習，爲吾儒所痛疾者，豈聖人所樂與哉？又以爲「視三子之規規於事爲之末者，其氣象迴不侔矣」，尤所未曉。聖人明明詰諸賢以「知爾何以」，不説事爲更説何物？抑亦雷同并剿概陳沂水春風耶？不知通章叙述專主事爲，點不惟不薄三子之事爲，抑且心折三子之事爲，其後也以由之見哂而後也曰「夫子何哂由也」，謂千乘乃由所優爲，何以見哂於夫子？蓋信由之至也，信由而求、赤可知。子曰「爲國以禮，其言不讓」，讓者，所以明禮也。「其言不讓」者，謂其言慨然自負其所長，而毫無遜讓，故哂之也。如謂指「率爾」而言，則是形神態度，而非其言矣。求之「以俟君子」、赤之「非曰能之」，其言皆讓也，而由言獨不讓也，乃點又誤會夫子「不讓」之旨，疑由士人也而輕擬爲邦，故言爲「不讓」而并舉求、赤以爲證。夫子亦知點之偶然誤會，故兩舉并非不是爲邦以曉之，復拈出「大」、「小」二字以明之。赤云「願爲小相」者，特赤之遜謝不敏耳，其實「赤也爲之小，孰能爲之大」，而點始恍然於由言之不讓矣。「宗廟會同」，非諸侯而何？言相宗廟會同者，非諸侯而何？朝會之間，大宗伯詔相王之大禮，小宗伯詔相王之小禮，而内之所爲公卿大夫士者，即外之所爲公侯伯子男，非諸侯而何哉？自「其言不讓」至末節，久已墮入雲霧，故逐字梳櫛。説此章者，能將開首「不吾知也」及「如或知爾」句眼光牢注，便是善讀書人。點雖狂士，既受夫子之裁，何至一味空狂，毫無實際？「不吾知也」，自必數點於諸賢之中；「如或知爾」，豈能推點於諸賢之外？沂水、春風，其言看似曠遠，其實仍是「不吾知也」之意，有以打入夫子心坎裏去。首節記諸賢之侍坐，如許多才而使之丘壑終老，爲諸賢惜，正爲自身惜也；「則何以哉」，不是憂其無具，正欲把各色珍寶大家展玩一番。吾故謂此章頭一個悲者夫子，第二個悲者曾點，第三個悲者子路。

文猶質也，質猶文也

「文」、「質」兩件，自是對待物事，可以相勝言，不可以輕重本末言。大抵「文」一而已，而「質」有三樣：一是質直之「質」，主內心而言，「文」、「質」之所從出者也。此是大本，非此不但「文」有僞，即「質」亦有僞，《記》所謂「忠信之人，可與學禮」是也；一是質幹之「質」，主植基於事先者而言，「文」、「質」之所由附者也；一是質樸之「質」，主措施於事物者而言。雖亦從大本而出，然可與「文」對言，不可與「末」對言者也。假以一人之身爲質幹而「文」、「質」二者從此附焉，有不衫不履者，有整齊修飾者；不可以不衫不履者爲本、整齊修飾者爲末也。又以畫之粉地爲質幹而「文」、「質」二者從此附焉，有輕描淡寫者，有著色渲染者；不可以輕描淡寫者爲本、著色渲染者爲末也。草野之間多簡略，冠裳之會盛繁華，不可以草野之間爲本、冠裳之會爲末也。禮或多之爲貴，少之爲貴，不可謂少者爲本、多者爲末也。又有同是禮文之中而又「質」之爲貴，「文」之爲貴，不可謂貴本而貴末也。以兩朝之規模氣象言，商尚「質」，周尚「文」，不可謂商尚本、周尚末也；以一朝之規模氣象言，「郁郁乎文哉」，不可謂「郁郁乎末哉」也。其輕重之説，亦即仿是。至若在天爲雲霞、在地爲草木、在人物爲鬚髮毛羽，此天然之「文」、「質」，又是一種。

「文」、「質」先後之分則有之，而後者較重於前。草衣卉服，衣之始也，今人可以供曳婁乎？茹毛飲血，食之始也，今人可以給饔飧乎？至於明堂清廟之間太羹玄酒、大輅越席，不過略存一二，以昭原始。其他冠裳帶舄、尊罍籩豆、羽籥琴瑟，非極情致「文」不足以將誠敬，而鬼神亦不之享。由此觀之，「文」重乎？「質」重乎？

「文」、「質」非即禮，酌「文」、「質」之中而著爲定制則爲禮；亦非即奢、儉，不以禮節之而極其流弊則爲奢、儉耳。

樊遲請學稼

樊遲非痴人也，豈不知夫子之非老農圃者而斤斤以稼圃爲問乎？蓋聖人博學多能，其於弟子，就其才之大小無所不教；而爲弟子者，亦自視其才力所能到無所不學。遲之請學稼圃，非爲一身謀也，蓋欲爲异日富國足民張本。然不求經世之遠猷而謀諸一手一足之烈，其弊不至如許行之并耕不止，故既以「小人」斥之，於其出也仍以「大人」之學示之。「上」指乘時得位者，如謂修禮義信於韋布之時，遽能使四方襁負而至，則又痴人説夢矣。

聖門弟子問仁者八，樊遲居其三。舞雩之游，特善其問；孟懿子問孝，又特于樊遲發之，則樊遲乃聖門第一留心學問之人，乃以粗鄙近利動相詆詈，何也？

「憲問耻」節

既云「憲之狷介」，何以反不知「邦有道穀之可耻」〔一〕？無能而但食禄，不過一貪鄙苟容之人，豈所語於聖門身分？且憲非不能有爲之人也，孟子曰：「人有不爲也，而後可以有爲。」孔子以原思爲宰，原不教他坐糜廩粟。但其性情狷介，不但以邦無道徒禄爲可耻，即有道多禄亦以爲可耻，是以有「九百」之辭。孔子曰邦有道自不妨於穀，若邦無道之穀則是可耻也。觀此處只以「耻也」單承「無道」句，與「貧且賤焉」之以兩「耻也」分承者不同，其義自見。

「晉文公譎而不正」章

按：聖人以「正」予桓，自必就其心術而言之。謂其心皆不正，則是四十餘年功業

〔一〕原文脱「穀」字，據《論語集注》補。

全然假借到底，孔子亦何取之？竊謂齊桓之心不能無純雜，則可；謂其全然不正，則斷乎不可。「以力假仁」，正是晋文之事，若謂兼指桓公，則「不以兵車」所謂「不假威力」者，豈又一桓公耶？大抵桓公心事不甚可見，只能獨任一個管仲，便非後世人主可及。注「言此以發其隱」，亦不可曉，豈夫子陽予齊桓之正者，專欲攻其隱之不正耶？

如其仁，如其仁

按：夫子滿口許管仲之仁。注言：「管仲雖未得爲仁人，而其利澤及人，則有仁之功矣。」則是在外者一仁，而在内者又一仁也。然則有大不仁者於此，曰「吾雖無仁人之事，而固有仁人之心矣」，可乎？

桓公殺公子糾，不能死，又相之

分明是糾兄桓弟，程子硬以爲桓兄糾弟，前人論之詳矣。至相桓之説，紛紛聚訟，要不若《家語》「子糾未成君，管仲未成臣」兩語爲直截了當。

陳恒弒其君，請討之

按：程子曰：「左氏記孔子之言曰：『陳恒弒其君，民之不予者半。以魯之衆加齊之半，可克也。』此非孔子之言。誠如此，是以力不以義也〔一〕。」竊意聲罪討賊，固貴以義。然使無力以濟之，而亂賊自然授首，則聖人之時不復有亂賊，而《春秋》可以無作矣。

〔一〕「義」原訛爲「德」，據《論語集注》改。

道不同，不相爲謀

按：注：「不同，如善惡邪正之類。」竊意善惡邪正，如冰炭之不相入，不相爲謀自不待言。此所謂「不同」，如清、任、和之各行其是而不相謀耳。惡者邪者，更不可以道言。

師冕見

師冕瞽者，非能貿貿然升夫子之階、登夫子之席也。其自未入門以前，一路便有相者，何待升階入席而始賴夫子之告？如謂相者告之，夫子又從而告之，則一堂嘈雜，成何體統？抑知瞽目之人每到一處惴惴然，惟恐其失儀，夫子曲體之，故於其及階也，不待相者之告而遽告之曰「階也」；其及席也，不待相者之告而遽告之曰「席也」，其一片肫誠，俱在無意中流出。迨聞子張問，又不便明言其故，姑應之曰「固相師之道也」。然而斯道也，非夫子則莫能盡矣。

有攸不爲臣，東征周公無誅管、蔡之事説

《孟子》言：「有攸不爲臣，東征。」「好辯」章云「周公相武王，誅紂伐奄，討其君三年」，正與《豳風·東山》詩之「三年」者合；「滅國者五十」，又與詩言「四國是皇」者合。蓋紂既伏誅，王自回鎬，而東方諸侯多有負固不服者，留周公以討之，良以天下之大非，果戎衣一著，便已掃蕩無遺也。據此看來，則《東山》詩即《孟子》所謂東征事。自序詩者以《東山》《鴟鴞》二詩并列一處，又與《金縢》依附成文，遂以《東山》爲周公東征武庚，誅管、蔡，諸儒從而附和之，而周公之冤遂不可解，此其不可以不辯者也。

按：《書·金縢》：「武王既喪，管叔及其群弟流言於國曰：『周公將不利於孺子。』」其詞并未及武庚，則武庚未有可伐之罪也。即所云「管叔群弟」者，亦是事後追叙。其實此時但知有流言，而未知流言者之爲管叔群弟也。周公曰：「我之

弗辟，我無以告我先王。」康成鄭氏讀「辟」爲「遜避」之「避」。「周公居東二年」，謂避居於東之二年；「則罪人斯得」，謂居東二年始訪得謀叛者之爲武庚、流言者之爲管叔。乃作《鴟鴞》之詩以貽王，而王疑仍未釋也。及感風雷之變，始悟而迎周公。周公乃奉王命而伐之，本是正理。朱子起初亦從鄭説，後作《鴟鴞》詩傳，忽以東征爲貽詩以前事，讀《金縢》「我之勿辟」爲「誅辟」之「辟」，以「居東之二年」爲「東征之二年」，「罪人斯得」謂得管叔、武庚而誅之，皆在此二年事。又以二年與《東山》詩之「三年」者不合，作首尾三年之説，以遷就之。竊謂此尤事之不煩言而解者，《書》傳曰：「流言者，無根之言，如水之流，言自彼而至此也。」朱子亦云：「流言，自東土流至王國，使成王不知言者之爲誰。」夫既不知言者之爲誰，武庚又罪狀未著，勞師千里，將以誰伐？且當時王方疑公，安肯授公以征伐之柄？如不請於王而自爲之，是周公擅兵也，是公以私憾而擅戕其骨肉也，則亦何待群叔流〔一〕言而始知其不利於孺子哉？

〔一〕「流」原訛爲「沅」，據底本《勘誤表》改。

《鴟鴞》詩傳：「周公東征三年，乃得管叔、武庚而誅之，而成王猶未知周公之意也，乃作此詩以貽王。」則是管、蔡既誅，而王疑愈甚也。《金縢》云：「於後，公乃爲詩以貽王，名之曰《鴟鴞》，王亦未敢誚公。」則是貽詩後，而王疑益愈甚也。夫以王之疑公如此，公之專擅又如此，假天不有風雷之警，异日旋師，君臣之間如何相見？《大誥》篇明言王自親征，群臣極諫，終不能止。如謂武庚之征，是公私往，則《大誥》篇文亦是矯托王命而爲之，更無此道理矣。或曰：斯時王方幼冲，安能自往？曰：計此時成王年亦漸長矣，且《大誥》之詞曰：「今蠢今翼，日民獻有十夫，予翼以于。」此十人者，定是老成宿將之士，十亂諸公必多在其内。蔡傳以爲民間之賢者，殆非。又其詞曰：「殷小腆，誕敢紀其叙。天降威，知我國有疵。」其言明指武庚而暗及管、蔡。而群臣之諫之者曰「亦惟在王宫邦君室」云云，其言暗指管、蔡而并及周公。若是周公托王作誥，必不爲是言矣。然則《蔡仲之命》所謂「致辟於管、蔡」者非與？曰：古文《尚書》，朱子向疑其僞，今姑就本文讀之。其所云「致辟於管叔、蔡叔」云云者，承上「周公位冢宰，正百工」，一切誅賞之事皆屬之周公；又「致」之云者，必是罪人既得，追原禍始，叔實以之，法所難宥，不得已而奉王命以誅之，斷非公敢擅辟。且不惟不擅辟而已，其必有痛哭流涕代爲請命而不得者，此天理人情之至，而非委曲迴護之詞也。

東征詩凱旋勞士，讀至「其新孔嘉」語，歡欣愛樂之情，幾於眉軒袂舞，若誅管、蔡後而忍爲是言，周公豈復有人心者耶？

「王者之迹熄而《詩》亡」節

客有問於予曰：「『王者之迹熄而《詩》亡』，説者謂『《黍離》降爲《國風》而《雅》亡』者，斯言信乎？」曰：「此邢氏之説，未敢以爲信也。《春秋》之義，莫大乎尊王。降《雅》爲《風》，是以臣降君，必無之事也。」「然則《王》詩何次於《衛風》？」曰：「此其故更難知也。子雖齊聖，不先父食；周公雖聖，不能駕於幽、厲之上。《王》次《衛風》，是君臣易位，不忍言也。且自今案之，《王》豈獨次於《衛》而已，《衛》之上有《邶》《鄘》，由《邶》《鄘》而次於《衛》以及《王》，是《王》

不特次於《衛》，且次於附庸之小國，又係殷遺之亡國，冠履倒置，何至此極？」「然則今《詩》之編次謂何？」曰：「此别有説，非單辭可得而罄也。」又問：「何謂『迹熄而《詩》亡』？」曰：「迹熄者，指宗周而言。周自太王遷岐，寖昌寖熾，王業大興。宗周既滅，岐州之地捐以予秦，而王者之迹熄矣。《詩》亡者，謂王迹既熄，都又東遷，學士大夫西歸無望，好音不懷而《雅》詩不復作也。」「何謂『《詩》亡然後《春秋》作』？」曰：「《詩》者，本文、武、成、康之遺澤，發而爲言，而陰以維繫天下之人心者也。《詩》亡而遺澤盡湮，人心盡涣，天下諸侯憑陵僭竊，自相雄長，而《春秋》不得不作矣。」曰：「平王時，政教號令不行於天下，則《春秋》爲平王而作乎？」曰：「平王當播遷新造之餘，自不宜過作張皇，再傷元氣，而改弦更張，姑俟其後之人。不意桓王寡信，輕發挑釁，强侯交質交惡，射王中肩，天下大勢一蹶而不可復振焉。故《春秋》托始於魯隱公之元年，爲平王之四十九年，越二年而平王没，則《春秋》爲桓王而作，非爲平王也。其先桓二年而作者，嫌疑之際，不敢不慎也。」

按：東遷以後，奚斯頌魯，《頌》未亡也，《風》更不可勝數，惟《雅》則竟絶響矣。然《頌》不過美盛德之形容，而里巷男女之作，又無與於天下之大事，惟《雅》則關係最大，如篇内之所云云，以證《孟子》，非無據也，何必爲《黍離》降《風》之説哉？又平王享國五十一年，爲東周六百年開基之主，勢雖衰弱，殆非偶然。以《春秋》爲爲桓王而作者，昔之人已有言之，非敢故翻成案也。

三百之篇，皆謂定於孔子。然吾讀「季札觀樂」文，其事在孔子先，而按之編《詩》之次序，即是歌樂之次序，惟《豳》與《秦》略變動耳，疑今所稱十五國之風者蓋僞，序詩者以歌樂之次第爲編詩之次第，而孔子之定本蓋不可見也。且其間紕繆不一而足：歌樂始二南，「南」本樂名也，以繫之周、召也，其詩即以周、召分比而爲南國之風，然而「南」非國名也，周與召亦無從畫界分疆顯別爲二也。且《關雎》各詩既爲文王而作，主風者自有文王在，何以偏屬之二公？《王》者王國所奏之樂也。以歌樂時偶次於《衛》也，其次於《衛》而儕於列國之風，而因有《王》降爲《風》之説，不思序詩者於太姒有后妃之稱，則固王也，而二南現列於風首，爲王歟？爲侯歟？抑《關雎》亦與《黍離》并降歟？唐、魏之見滅於晋，猶邶、鄘之并入於衛也。據序文，《唐》風十二篇，其詩皆晉詩而不列《晉》風，以歌樂時未嘗言晉耳。《七月》陳稼穡之艱難以諴王，其詩非豳民所作以歌豳也，而繫之以《豳》，又以一篇之作不足以成風，而雜採《鴟鴞》以下各詩以足之，而其詩則皆周公東征之事也，於《豳》何與乎？且《豳風》以豳得名，而其詩無一事非周公；《周南》以周公得名，而其詩無一語及周公，又豈理之所有者乎？左氏稱札之觀樂也曰「自《檜》無譏」，可知《檜》以外未嘗無樂，抑亦未嘗無詩也，何編《詩》之數適如觀樂之數而止乎？嗚呼！黎丘作僞，率意成編，乃説《詩》者竟視爲鐵案，其不可復動，則何也？

大概序《詩》者以「觀樂」一篇爲定盤，於列國之有其樂而無其詩者，則裂三百之舊編，分配而凑合之。二南者，無其詩而并無其國者也。《邶》《鄘》《豳》《檜》等，有其〔一〕國而無其詩者也。《唐》也者，有其國無其詩，以觀樂時不歌《晉》而歌《唐》，而反以《晉》詩爲《唐》詩者也。然即所爲有其國有其詩如《鄭》《衛》各篇確有可據者，亦豈能遽信其爲某國之詩哉？二南所録，的是盛

〔一〕「其」原訛「而」，據底本《勘誤表》改。

世之音，而其詩實不知其所自來。然如「彼穠」之篇，亦斷可識其爲東周以後之作矣。夫孔子之删詩，其果以列國之次序爲斷，本不可知，然必統東西兩周有詩之國而概列之，斷不至如今寥寥然所稱十五國之風者。且考季札觀樂時，孔子年甫八歲，而全詩之次序已井井如是，亦不待自衛反魯後始言「樂正，雅頌得所」矣。

大抵十五國之中，有有其國而有其詩者，有有其國而無其詩者。《邶》《鄘》《豳》《檜》等，有其國而無其詩者也；二南者，定指樂名爲國名而斷不有其詩者也。序《詩》者但見歌某國之樂，則裂三百之舊編，凑合而爲某國之風。而其間形迹之顯著，則莫如《周南》《召南》。文王者主化之人也，周、召者行化之人也，不統以主化之文王，而統繫之以行化之周、召；岐周者基化之地也，南國者被化之地也，不名以基化之岐周，而名以被化之南國，君臣内外無不倒置，而可信爲聖人手定之經耶？甚且二南究竟何國乎？乃與列國之風并數而爲十五乎？《關雎》以下，的是盛世之音，但不知其所自來。然如「彼穠」一篇，亦斷可識其爲東遷以後之作矣。昔儒以《南》《風》《雅》《頌》爲四詩，其實乃四樂耳。然而《雅》《頌》之名經傳多見，而《國風》則僅見於史公一語。而《樂記》云「正直而静，廉而謙者宜歌《風》」，其下又云「温良而能斷者宜歌《齊》」，則又風自風而國自國矣。孔子言「《雅》《頌》得所」而不及《國風》，劉歆《讓太常博士書》云：「當此之時，一人不能獨盡其經，或爲《雅》或爲《頌》，相合而成。」其言亦未及國風。惟左氏則《風》《雅》并舉，其所謂《風》者，自應指國風而言，但未必如今所稱十五國之風耳。大抵《詩》當未删定之先，《風》《雅》《頌》皆樂名也。既删定以後，則即以《風》《雅》《頌》之名目當編《詩》之名目，而今則但知有《詩》，而不復知有樂矣。

樂、聲、詩本是三樣：樂者，奏於宗廟，朝廷製爲樂章，定多和聲鳴盛之詞，必不效後世衰亂之作，故季札之觀鄭樂也，亦以「美哉」嘆之，不言其淫也；聲者，五方之雜響，即《樂記》所謂「溺音」者，而其最淫者爲《鄭》《衛》。其初作於里巷之間，迨其後則學士大夫以及君公貴人亦皆喜聽焉，而國家有大典禮、大賓客亦未必概用也；詩則取無邪之旨，可以人人諷誦者，無論入樂不入樂，皆録以垂教，即今詩選之權輿。儒者以「鄭聲淫」爲鄭樂淫，并以爲鄭詩淫，胥失之矣。《黍離》之詩，序以爲「周大夫行役至於宗周，過故宗廟，盡爲禾黍。憫周室之顛覆，徬徨不忍去，故作此詩」。然吾味其詞意，蓋周人憂亂之作，而其事在宗周未滅之先也。「黍稷」比亂象也，「彼黍」、「彼稷」，初見爲黍，實則爲稷，言舉目之不定也。「離離」言衆亂紛作，莫可指數也。「稷之苗」、「稷之穗」，言長亂之漸也；「稷之實」，則亂以成矣。疾行而過曰「邁」，「靡靡」則愈疾矣。「行邁靡靡，中心摇摇」，有急欲隱避而又無所投足之意。情在事先曰「憂」，事後曰「憫」，今曰「心憂」，知周室之尚在將覆未覆矣。「求」是求失物之求，《記》所謂「皇皇如有求而勿得」者。言我之「行邁靡靡」也，知我者謂我心憂，不知我者謂我何失而有所求。《韓詩》以《黍離》爲尹伯奇之弟伯封尋兄而作者，情狀頗似。然讀「悠悠蒼天」語，大聲疾呼，非有亡國喪家之痛必不至是。此詩之作，當在王室大亂、戎難將作之時，則《黍離》者西周之詩也。

《關雎》之詩，序以爲文王自作，朱子以爲文王宫人所作。竊意爲文王擇配者乃王季、太任之事，其哀其樂，文王且不能自主，何況宫人？且文王后妃事，《大明》詩言之甚詳，其言「大邦有子，俔天之妹」，不假言「窈窕淑女」也；其言「文王初載，天作之合」，不可謂「求之不得」、「求之既得」也；其言「在洽之陽，在渭之涘」，不必言千里遠隔，判不相涉之河洲也。而且「文定厥祥，親迎於渭，造舟爲梁」，莫不委曲詳盡。文王身爲世子，王季、太任現在，而謂此等鋪排盡出於文王之手，其誰信之？至其他雜説，或以爲求賢而作者，或以爲晏朝興刺而作者，概無定據，闕疑可也。

讀古本《大學》

稠州陳德調鼎梅注

讀古本《大學》自述

聖學最重力行，今觀《大學》一書八條目十大傳，概無及於「行」者。格致只是考究工夫，心意都在腔子裏，修身工夫便在格致、誠正上，齊、治、平不過舉而措之之事。朱子又云：「自『致』而『誠』而『正』至『治』『平』，皆從一『知』直推到底。」然則《大學》力行之事究竟安在？及吾讀「物有本末」，注以「明德爲本、新民爲末」，而經文「自天子至於庶人」節則又以修身爲本、齊治平爲末，意竊疑之。又讀「明明德於天下」節，自「致知」以上，皆以「先」、「後」言，獨於格物事不曰「先」而曰「在」，意又疑之。後讀古本《大學》疏「明明德者在於」章，明己之光明之德，謂身有明德而更章顯之，乃知明德之事，即在「修身」上見。又經文於其「本亂」節下，即緊接之曰「此謂知本，此謂知之至也」，始恍然曰：《大學》力行之事有在矣，格物是也。格物者，由行以得知，而非空言窮理之謂也。大凡人之知也有三：有天然自得之知，孩提知愛、少長知敬是也；有先事而求之知，即所謂窮理者博稽古今，參考同异，研求事理，殫精極微，雖亦聖學之開途，然其功尚屬虚位；有及之而知之知，此則是知之至者，如人欲爲忠，必向臣道上親切做去，而忠之理始明；欲爲孝，必向子道上親切做去，而孝之理始出。然則所謂「物」者，即身與家、國、天下也。格，至也，來也，古本《大學》訓「格」爲「來」。謂即其物之來至吾前者，躬親其境，躬踐其事，以深造乎事理之極也。造乎事理之極，則行之數至，而知之數亦至矣。譬之適千里者，良知者生而東西南北知所方向，窮理者詳考輿地經道里志，詢之往來素熟，縱極周到，究之仍屬懵恍；格物者束裝裹糧，啓行戒道，行十里知十里，行百里知百里，及其既至而一切所歷之山川、景物、關津、險隘，按之輿經地志人言傳説者，一一信其不謬焉，此「物格而後知至」之説也。身與家國天下雖然只是一理，要必就自身之物深造至極，則身之知至，而其道可通于家。就自家之物深造至極，則家之知至，而其道可通於國與天下，然所云可通者謂知；不虚知，則可由此以達彼，而仍不能執此以爲彼也。又須到有國與天下之責，然後能格，然後能致焉。何則？身家者，一人之身家；國與天下者，合國與天下之身家以爲身家也。夫合國與天下之身家以爲身家，則合國與天下之物以爲格，自必合國與天下之知以爲致。「平天下」章實是最重用人。陳殷置輔，大綱小紀，一人端冕於上，百司承職於下，公好惡，存忠信，有先慎乎德之修，無以財發身之患。夫是以重離繼照，旁燭無疆，臻治平之有象也。此格物致知之極也。或曰：學者先知而後行，子之説不先行而後知乎？曰：吾固言之矣：窮理者，學問思辨之事，聖學之開途也；格物者，篤行之事，造道之實功也，功實斯知亦實矣。且夫聖人之教人也，其自弟子之入孝出弟，信言謹行，莫非真切從事，而學文游藝，親師近友，隨時隨地而考證焉，即行即知，即知即行，豈若後世之判分兩事哉？或又曰：《大學》由知由意由心而次以及於身，其事皆自内以及外，子之説不幾自外而及内乎？曰：是不然也。理從内出，功從外入，且人自把許多條目看得七頭八腦耳。自内言之，爲知爲意爲心，其實只是一個心；自外言之，爲身爲家爲國爲天下，其實只重一個身；合心與身而言之，爲内爲外，其實只完得一個身。身即是物，修即是格，故孔子言「躬行君子」，孟子言「修身立命」，而《中庸》九經亦起於修身，而不必更及於心者，言身則心意知，并運乎其中，而不能把内與外劃然分作兩開也。且儒者之所重内而輕外者，以爲外可假而内不可假耳。吾謂内可假而外不可假，外則形迹顯著，無從遮飾，彼假於聲音笑貌之間者，仍是假其内耳。然其内自假而其聲音笑貌則仍然不假也，據其實在之聲音笑貌而悉心印證之，斯其人之誠僞可得而見，此「物格知至」之説也。虚摹一聲音笑貌之象於意中，謂可得其人之誠僞者，是刻舟求劍，即今之所謂即物窮理者也。然則以探幽索渺爲致知、閉門枯坐爲慎獨、憑空把持爲正心，又以爲心坎頭光光然亮亮然懷著個明德在内者，是所謂如光燦爍、如圓陀陀二氏之學，而非吾儒之學也。夫二氏之學，假之大者也。

明德之事即在修身上見，古注可據，而人或駭爲創聞。竊意人生有個身便有一個心，心爲五官之一，本一氣相通者也，心内具個德，本來自明者也。特德不自明必接於身而後明，猶火不自明必接於薪而後明，非不知薪之明由火之明也，而非薪則無以麗其明矣。又如一株樹，德存乎根本，而明見乎枝葉，非不知枝葉之明由根本之明也，而非枝葉則無以驗其明矣。蓋枝葉者即根本之精華也，是以《大學》自格致、誠正以下，但言修身之事，而不復言明德之事，顯知明與修之初非兩事也。若既格致、誠正以修其身，又復格致、誠正以明其德，不特一番工夫作兩番做，八條目不增爲九乎？

又按：「誠意」爲《大學》全書樞要，其言「潤屋」、「潤身」、「心廣體胖」者，修身明德之旨并括乎其中。至所引「淇澳」詩，正言明德之事矣。然而「有斐」者身也，「道學」、「自修」者身也，「瑟僩」、「赫喧」、「盛德至善」者亦莫非從身上見也，修身明德又何疑焉？

此稿道光丁亥年六月作於正誼書院，時偶爲譚芝田郡伯所見，頗不以爲大謬，然終不敢出以示人。今戊戌春讀《王陽明先生集》，有「知行并進」之説，自維鄙見頗覺相似；又其言格物則必兼致知誠意正心，而後其功始備而密。今偏舉格物而遂謂之窮理，此所以事以窮理屬知而謂格物未嘗有行，非惟不得格物之旨，并窮理之義而失之矣。其言亦與鄙見少异而大同。因重復鈔録，敬質高明，匡其罪戾焉。

義烏燮堂陳德調〔一〕稿。

〔一〕「調」原訛「稠」，逕改。

附録：古本《大學》次序存參

注疏引而不發，今撮其至要者數條奉爲正的，而妄以鄙見附參焉。

大學之道，在明明德，在親民，在止於至善。

按：孔疏曰：「『在明明德』者，言大學之道在於章明己光明之德，謂身有明德而更章顯之。『在親民』者，疏〔一〕言大學之道在親愛於民。」附按：「治國」章之「如保赤子」、「平天下」章之「民之父母」，正是「親」字之義。

知止而後有定，定而後能静，静而後能安，安而後能慮，慮而後能得。

附按：此言止善者必先知止也。

物有本末，事有終始，知所先後，則近道矣。

附按：此言知止者又當知有先後之序也。

古之欲明明德於天下者，先治其國。欲治其國者，先齊其家。欲齊其家者，先修

〔一〕「疏」衍當删。

其身。欲修其身者，先正其心。欲正其心者，先誠其意。欲誠其意者，先致其知。致知在格物。物格而後知至，知至而後意誠，意誠而後心正，心正而後身修，身修而後家齊，家齊而後國治，國治而後天下平。

附按：此言事有終始也，格致爲始，平天下爲終，經文自明。

又按：明明德於天下者，言欲明我之明德於天下者，章句以明德在心，不能與天下相見，故言「使天下之人皆有以明其明德」。然經文大意乃以「明明德」字代「平天下」之「平」字，細讀自見。

又按：致知者，即致其知止之知。格，至也，來也。致知在格物，謂即其物之來至吾前者，躬親體驗，真切力行，向所知者無不盡實，故曰「物格而後知至」也。

自天子以至庶人，壹是皆以修身爲本。

附按：此言物有本末也，修身爲本，齊治平爲末，經文自明。

其本亂而末治者否矣，其所厚者薄，而其所薄者厚，未之有也。

附按：此言不知本者之失也。本即身也，身即物也，不知本則不知格物先後之序矣。

此謂知本，此謂知之至也。

附按：此承上文反言而正結也。知不知本者之所以失，則知知本者之所以得，而格物之序，自不容紊。「此謂知本」者，言知此則知得其要，故曰「知之至也」。又按：「自天子」以下，皆言格物之義。

所謂誠其意者，毋自欺也，如惡惡臭，如好好色，此之謂自慊，故君子必慎其獨也。

附按：孔疏：「毋自欺也，言欲精誠己意，毋自欺誑於身。」則所謂誠意者，亦誠其意以修身而已矣。

小人閑居爲不善，無所不至，見君子而後厭然掩其不善，而著其善。人之視己，如見其肺肝然，則何益矣。此謂誠於中形於外，故君子必慎其獨也。

附按：此言爲不善者之誠中形外也。

曾子曰：「十目所視，十手所指，其嚴乎！」

附按：孔疏曰：「十目所視者，此經明君子修身，外人所視，不可不誠其意。」

富潤屋，德潤身，心廣體胖，故君子必誠其意。

附按：此言爲善者之誠中形外也。「德潤身」即德之明於身者也，「心廣體胖」則又跟正心而言。

《詩》云：「瞻彼淇澳，綠竹猗猗。有斐君子，如切如磋，如琢如磨。瑟兮僩兮，赫兮喧兮。有斐君子，終不可諠兮。」「如切如磋」者，道學也；「如琢如磨」者，自修也；「瑟兮僩兮」者，恂栗也；「赫兮喧兮」者，威儀也；「有斐君子，終不可諠兮」者，道盛德至善，民之不能忘也。

附按：此引《詩》以明修身明德之義也。「有斐君子，瑟僩赫喧」，正謂德之明於身也，學問自修，正所以明之也。

又按：「自修」句宜重看，言君子自修極於盛德至善，此其事無與於民，而民自不能忘，以見明德親民，其理自然相及也。

《詩》云：「於戲，前王不忘。」君子賢其賢而親其親，小人樂其樂而利其利，此以没世不忘也。

附按：此引《詩》以明民不能忘之意，而親民之事即在其中矣。

《康誥》曰：「克明德。」《大甲》曰：「顧諟天之明命。」《帝典》曰：「克明峻德。」皆自明也。

附按：此三引《書》，以明上文「自修」之義也。「自明」即自修，言不遽求之民也。

湯之《盤銘》曰：「苟日新，日日新，又日新。」

附按：此言自明之極也。

《康誥》曰：「作新民。」

附按：此本自明以及親民也。

《詩》云：「周雖舊邦，其命維新。」

附按：此言親民之極也。

是故君子無所不用其極。

附按：「極」即至善也。此句結住「至善」下，言知止得止之事。

《詩》云：「邦畿千里，惟民所止。」《詩》云：「緡蠻黄鳥，止于丘隅。」子曰：「於止，知其所止，可以人而不如鳥乎？」

《詩》云：「穆穆文王，於緝熙敬止。」爲人君，止於仁；爲人臣，止於敬；爲人子，止於孝；爲人父，止於慈；與國人交，止於信。

附按：此言止善之事。

子曰：「聽訟，吾猶人也，必也使無訟乎！」無情者不得盡其辭。大畏民志，此謂知本。

附按：此承上文止善之事，而歸其本於修身也。「大畏民志」者，蓋我之身既修，則正衣冠，尊瞻視，儼然人望而畏之，所謂德威惟畏者，故訟不待聽而自無也。

又按：兩「此謂知本」，前以知格物之本言，此以知誠意之本言。

又按：「修身爲本」一言，乃《大學》全書樞要。修身實功在格物，實心在誠意，而「誠意」章之説話，尤爲包括無遺。以下「正心」、「修身」，不過循次挨講，以明「知所先後」之義。其實「心廣體胖」，「誠意」章早已説到也。

所謂修身在正其心者，身有所忿懥，則不得其正；有所恐懼，則不得其正；有所好樂，則不得其正；有所憂患，則不得其正。

心不在焉，視而不見，聽而不聞，食而不知其味。

此謂修身在正其心。

所謂齊其家在修其身者，人之其所親愛而辟焉，之其所賤惡而辟焉，之其所畏敬而辟焉，之其所哀矜而辟焉，之其所敖惰而辟焉。

故好而知其惡，惡而知其美者，天下鮮矣。

故諺有之曰：「人莫知其子之惡，莫知其苗之碩。」此謂身不修不可以齊其家。

所謂治國必先齊其家者，其家不可教而能教人者，無之。故君子不出家而成教於國。孝者，所以事君也；弟者，所以事長也；慈者，所以使衆也。

《康誥》曰：「如保赤子。」心誠求之，雖不中，不遠矣。未有學養子而後嫁者也。

一家仁，一國興仁；一家讓，一國興讓；一人貪戾，一國作亂：其機如此。此謂一言僨事，一人定國。

堯、舜率天下以仁，而民從之；桀、紂率天下以暴，而民從之。其所令反其所好，而民不從。

是故君子有諸己而後求諸人，無諸己而後非諸人。所藏乎身不恕，而能喻諸人者，未之有也。故治國在齊其家。

《詩》云：「桃之夭夭，其葉蓁蓁。之子于歸，宜其家人。」宜其家人，而後可以教國人。《詩》云：「宜兄宜弟。」宜兄宜弟，而後可以教國人。《詩》云：「其儀不忒，正是四國。」其爲父子兄弟足法，而後民法之也。此謂治國在齊其家。

所謂平天下在治其國者，上老老而民興孝，上長長而民興弟，上恤孤而民不倍，是以君子有絜矩之道也。

所惡於上，毋以使下；所惡於下，毋以事上；所惡於前，毋以先後；所惡於後，毋以從前；所惡於右，毋以交於左；所惡於左，毋以交於右，此之謂絜矩之道。

《詩》云：「樂只君子，民之父母。」民之所好好之，民之所惡惡之，此之謂民之父母。

《詩》云：「節彼南山，維石岩岩。赫赫師尹，民具爾瞻。」有國者不可以不慎，辟則爲天下僇矣。

《詩》云：「殷之未喪師，克配上帝。儀監于殷，峻命不易。」道得衆則得國，失衆則失國，是故君子先慎乎德。有德此有人，有人此有土，有土此有財，有財此有用。德者本也，財者末也。外本内末，争民施奪。是故財聚則民散，財散則民聚。是故言悖而出者，亦悖而入；貨悖而入者，亦悖而出。

《康誥》曰：「惟命不于常。」道善則得之，不善則失之矣。

《楚書》曰：「楚國無以爲寶，惟善以爲寶。」

附按：此從理財而遞及用人。

舅犯曰：「亡人無以爲寶，仁親以爲寶。」

附按：「仁親以爲寶」，鄭注云：「猶言親愛仁道也。」與《楚書》「寶善」意本聯貫。章句作「愛親」講，故以兩「寶」字映帶「財」字爲不外本内末者，結外之結。

又按：「仁親爲寶」當作仁人親近我以爲寶，仁人謂秦伯也。《大學》借言親愛仁道，以爲用人緣起耳。

《秦誓》曰：「若有一个臣，斷斷兮無他技，其心休休焉，其如有容焉。人之有技，若己有之；人之彦聖，其心好之，不啻若自其口出。實能容之，以能保我子孫黎民，尚亦有利哉！人之有技，娟嫉以惡之；人之彦聖，而違之俾不通，實不能容，以不能保我子孫黎民，亦曰殆哉！」

唯仁人放流之，迸諸四夷，不與同中國。此謂唯仁人爲能愛人，能惡人。見賢而不能舉，舉而不能先，命也；見不善而不能退，退而不能遠，過也。好人之所惡，惡人之所好，是謂拂人之性，灾必逮夫身。是故君子有大道，必忠信以得之，驕泰以失之。

附按：自「《楚書》曰」至此，皆反覆以明用人之得失也。

生財有大道，生之者衆，食之者寡，爲之者疾，用之者舒，則財恒足矣。

附按：此又從用人而轉到理財。

仁者以財發身，不仁者以身發財。未有上好仁而下不好義者也，未有好義其事不終者也，未有府庫財非其財者也。孟獻子曰：「畜馬乘不察於鷄豚，伐冰之家不畜牛羊，百乘之家不畜聚斂之臣。與其有聚斂之臣，寧有盗臣。」此謂國不以利爲利，以義爲利也。

附按：此又從理財而收到用人。

長國家而務財用者，必自小人矣。彼爲善之，小人之使爲國家，灾害并至。雖有善者，亦無如之何矣。此謂國不以利爲利，以義爲利也。

附按：此則理財、用人又并合言之，而重言「不以利爲利，以義爲利」以結之，其所以戒後世者深矣。

舊跋

綺自束髮受書，先君子口授古本《大學》，章句奚若，注解奚若，反覆曉諭，茫乎未有得也。歲戊辰，受知師劉金門侍郎按試至衢，大集諸生於郡學之明倫堂，論及古今本《大學》异同。其言曰：「格者何？即所謂『天壽平格』者是也。」側耳聽之，不知所云。比長，稍稍更事，自恨閱歷未深，事理多所未曉，視全未閱歷時要自有間，復取古本《大學》，紬繹再四，憬然悟知行并進之説不我欺，先君子攸授有自來也。聖賢重事功，理學家無空言心者。明王文成公功名事業，彪炳一時，用能言之有物。後人詆毁已甚，謂良知之學自貽伊誤。今觀七篇中無一非言事功者。仁者人也，語語踏實地視此。仁人心也，求放心法仍在學問，豈空空守此良知者哉？今春郡學師陳燮堂先生出其《讀古本〈大學〉》稿相示，受而讀之，沈著痛快，洞徹貫串，何先得我心也！嗟乎！聖學不明久矣，朱子去今尚遠，顧自知不逮漢儒徵實，其更考《大學》經文，别爲序次也。章末或識舊本之誤，或以舊本爲正，折衷先儒，留質後賢，蓋其慎也。輓近世羽翼經傳，立功名教，誠戛戛難之。制藝糟粕耳，理題入手，動輒言心，詡爲鞭辟近裏，是遵何説哉？顔氏子，聖門第一人也，夫子與言仁，語以視聽言動，他日省私，即以之。「其心不違仁」，「其」之一字，指點神情，栩栩欲活。端木問士，首示使才，稱孝稱弟居其次。讀先生文，四子書類可隅反。或曰：先生之言，皆前人所未發，聞者或駭且走，子和之，曷故？則畣曰：先生以救世也。孔子之道傳於孟子，孟子言性與孔子少异，春秋邪説尚未熾，性相近無疑辭；戰國言性紛若聚訟，弗以性善折之，邪説之熾於胡底？先生意在斯乎？然要之至理，亦不外是。知行無可分，格致言知也，即以言行。辟若岐黄家，讀三世書，自命爲良。病者來，虚實死生卒莫能辨，縱能辨，繆戾者必不少，習見夫疾痛疴癢之多，向所讀者乃真了然心目矣；辟若堪輿家，開卷按圖，謂是易事。引置郊原墟莽間，貿然也。久之，從郊原墟莽間尋求龍脉沙水，乃一一瞭若指掌矣。及之而後知雖小道將無同，明德、修身原是一鼻孔出氣。夫〔一〕《易》云「反身修德」，《尚書》云「德裕乃身」，經義同流共貫，不誣也。意述聖自道省身有三，即修身爲本之旨，樞紐惟在誠意，故曰「曾子之學，誠篤而已」。意不可見，見之於身，《中庸》「誠身」義出一轍，功則自格致始。自夫人離物言知而求諸虚無寂滅之鄉，弊不至無無，亦無不止，非良知誤人，人自以良知誤也。先生之言，似創實因，似奇實正。物理若時，毫不可强，人於一切事，從閲歷後静念諸心，其必有所得也，夫學則亦有然者也。敢請梓而行之，以告世之讀《大學》者。道光十有八年，歲在戊戌中春之月，姻愚侄高齊何綺識於靈山講舍。

〔一〕「夫」原爲「大」，據上下文改。

存悔堂詩草

序

《存悔堂詩草》爲鄉先達陳鼎梅先生所著，舊有刊本，蓋前清道光季年司鐸三衢時其門弟子所刻者。咸豐末，粤匪竄境，版毁於燹，書亦僅存。光緒戊子，余年十六，於張帶耕先生處見是編。時余方致力於古今體詩，愛其古風有金石氣，遂手録一册以自課，晨夕把玩，雖疾病未忍廢也。中年後溺志功名，奔走牛馬，足迹遍海内外，卒無所遇。今且皤然老矣，貧病來歸，荒居無事，檢行篋，得是編，亟爲付印。蓋時至今日，天喪斯文，丘索典墳，固已無人能讀。即六經全史，群且目爲不祥之書。區區私家著述，又爲詩歌之末，尚復有人過問耶？然余猶亟亟爲此者，正望天道好還，物極必返。我國苟或不亡，則五百年必有名世生。至其時，考獻徵文，采訪及此，而汲冢魯壁中尚有是書存在，寧非天地間一大快事耶？萬古江河，千秋不廢，盧駱王楊之盛，或當重見於來兹，則一髮千鈞，後死有責。余之爲此，或不無微勞足録歟？民國二十二年九月，同里後學黄侗撰。

舊序

吾家老進士鼎梅，行後於余者二輩，而齒視余長。余年十六，始與執業於鶴亭先生之門，時則余兄芸莊及鼎梅中表弟傅霖墅，大都青年盛氣，莫肯相下，而一切談文講藝，罔不推重鼎梅。自嘉慶丁卯迄癸酉，四人次第捷賢書，鼎梅更捷辛未甲榜，就官三衢教授。道光丁亥，余檢發楚南道，經姑蔑，渴欲一晤。由樟樹潭步行十五里，抵學署時，鐘漏已動，與鼎梅并坐矮榻中，各訴離緒，不覺達旦，以迫於憑限，遽登舟匆匆别去，而鱗鴻往來，每歲不絶。去年夏，余自軍需局承乏寧遠，尋以非才仰荷硃筆圈出，送部引見。六月初，卸篆束裝有期矣，忽得鼎梅書并《存悔堂詩草》一册，丐余作序，且曰：「吾非敢出所作以示人也。抑生平梗概略見乎是，聊以志吾之遭也。」噫嘻！鼎梅其有悲乎？蓋鼎梅天資高邁，讀書鄙章句之學，縱談當世，務激昂慷慨，聲如巨鐘，視一切碌碌，殆若無可當意者，無如相如多渴、原憲長貧，雖躋黄甲之班，不脱青氈之舊，而彈指十年，鄭虔已老，宜其不能無悲也。吾謂鼎梅何悲乎？且鼎梅亦知欲爲他人而不可得者，正他人所欲爲鼎梅而不可得者乎？即就吾四人而論，余之楚，芸莊隨亦官蜀，唯霖墅需次在籍。余七歲之間搬移七度，今雖姓氏幸達九重，回憶兵興旁午，時外疲捍禦，内迫軍需，匝月之間，鬚白齒落，正不知此身作何了局。蜀中稱安靖，而每接芸莊來札，奔波轉徙，略與余同。假令鼎梅曩日者掀髯奮袂，先我著鞭，亦不過於紅塵没脛中多一番勞攘耳，安能文章專恣、享清閑安樂之福如是哉？然而鼎梅適自慮其識之未稱，不必悲其數之多奇也。余不見鼎梅久矣，今取其全詩讀之，覺行間紙上處處有鼎梅躍躍欲出，蓋其筆力之軒昂、氣機之生動有若此者。嗚呼！鼎梅得此亦足以自豪矣。余既爲之廣其意，并望芸莊、霖墅并作贈言爲鼎梅壽云。道光癸巳六月中浣，東屏陳坡書於寧遠官署。

小傳

民國二十二年九月，同里後學黄侗撰

陳德調字鼎梅，號燮堂，義烏人。清嘉慶辛未進士，癸酉改教官，壬午補授衢州府學教諭，與門弟子講學，重實行，撤空言。時朝廷功令仍前明舊制，隆重朱子，凡試士以四書五經命題，所課制藝，不得違背朱注，否則以犯令論。而德調講授經傳多與朱子不合，聞者駭走。然考其所言，徵引詳確，實有爲朱子所不逮者。嘗語人曰：「聖學貴實踐，宋儒托空談，吾不忍媚古人於一時，誤後學於萬世也。」其不爲茍同，每如此。官衢州二十餘載，家益貧。門人憐其遇，爲置負郭田數頃爲養老計，殁即葬於衢州城南三里許千囊畈。著有《我疑録》一卷、《存悔堂詩草》一卷。

五言古詩

天台五岳游

天台五岳游，夢想難一至。山僧守寺門，寂寞愁昏睡。熊掌紫駝峰，垂涎饕至味。庖子日操刀，嘔噦腥膻氣。澤處喜高栖，岩居愛平地。貧者憂不富，富者憂不貴。及登廊廟間，又羡山林致。以此齊物情，究竟孰同异？曠士貴達觀，賢人安素位。來者不必追，往者不必悔。目前苟可欣，動各關神契。我還看我花，千枝貢嫣媚。占盡造化春，不用多錢費。我還讀我書，縱觀古今事。識得千年前，多活一千歲。

夙昔

夙昔學爲詩，虛憍恃氣盛。澀體構篠驂，險韵押競病。才擬鬥鷄雄，句摹石鼎硬。蠅窗苦觸鑽，蚓竅勞伺偵。朝尋露濕衣，暮搜燈炙檠。周遭二十年，無异墮坑阱。佳句如至寶，得之須有命。吴江五字詩，全集英華罄。豈不願更多，造化司元柄。多事學家兒，牛鬼紛馳騁。一曲高軒過，慧業根何性。

紀夢

夢中所到境，蹊徑迴自新。有時極荒唐，幻出鬼與神。當其入夢時，頗覺意振振。清晨急追憶，茫昧如飛塵。屈指數年華，近已五十鄰。一切新舊事，何者據爲真？風過簫暫響，鴻去迹亦陳。安知夢中遇，非即曩時因。莊周身化蝶，蝶本莊周身。得鹿又失鹿，此理誰能均。

夢見先慈

空齋抱疴眠，夜久燈未滅。風雨黯蕭蕭，攲枕憐孤孑。亡親入我夢，容顔何慘戚。分明三年前，湯藥問寒熱。夙昔憂兒病，劬勞苦難述。還將死後魂，補瀝生前血。嗟哉不肖身，造此無窮孽。覺後追所見，風吹紙窗裂。涓涓檐溜聲，猶似聞嗚咽。

舟過七里瀧

嚴州七里瀧，山水稱奇絶。峰從南北分，氣勢自連接。江南屏障開，江北芙蓉插。迤邐半百程，迴環如雉堞。舟行在江心，隨山赴曲折。帆勢正東趨，山面忽西逆。羊腸與九疑，不知千萬叠。釣臺分兩層，對峙聳青鐵。時有好事人，去訪羊裘迹。過即溜港灘，天宇又新闢。正喜烟雲空，恣我千里覿。淺沙忽膠舟，客行中路截。船底怒轟雷，濤頭亂滾雪。衆纜一齊牽，衆篙一時集。時或足抵篙，贔屓猛作力。豈識山難移，進咫退復尺。捨命與水争，騰身赴水立。負舟叱之走，水神亦辟易。機關漸漸移，港道徐徐入。船底未停聲，江面忽浮碧。依舊暮烟中，飄飄去一葉。

贈東陽王明府差竣回任

雨雪塵簡書，皇華重使節。丈夫志四方，誰能憚行役。英英王夫子，慷慨捧征檄。當其發軔初，征旆過蓬蓽。離亭供祖帳，惆悵經年別。夫子顧怡然，此行殊兩得。南檄雖要荒，乃是我鄉邑。親朋可晤談，名勝恣游歷。遠望極無雷，前路指黔㷭。雪封蒼嶺明，月照洱海白。鷹崖及鷄足，昂首逞雄杰。故里别牂牁，要津歷西粤。百色色偏多，九疑疑未極。行行虎豹關，去去蛟龍窟。湖江襟帶間，水勢極天積。有時膠行舟，百日守鮒轍。洪濤忽掀翻，一葦殆哉岌。全憑臣節堅，坐使陽侯戢。澄懷登岳陽，吊古躋赤壁。精神三楚多，見一勝聞十。迢遞望金陵，取次過采石。西泠返棹時，丙歲月逢七。爾時際賓興，憲語勞温懌。斯須笑謂公，宜就校文列。公拜蹈且舞，此事素所職。警旦洗征塵，薄暮守闈棘。何須刮金鎞，慣自持玉尺。元燈耿耿明，笑彼迷五色。八駿共騰驤，一夔首戛擊。其餘九枝花，乃是舊時植。飛舄返花封，竹馬走絡繹。重尋仲蔚廬，載訪子雲宅。握手兩欣然，别恨一時釋。言須各賦詩，聊以慰跋涉。琳琅珠玉詞，璀璨堆几席。愧余腸久枯，貂尾勉綴拾。折楊不成謳，吹劍笑一吷。

禮闈聞捷

案：《新志稿》：公係嘉慶十三年戊辰舉人，十六年辛未進士。

凡物苟未得，疑若登天難。迨其既得之，亦作固有看。繄予本薄植，珍材愧楩楠。况自廿年來，病骨驚珊珊。勸帛乃其分，榮名豈所堪。駑駘附騏驥，殊覺聖恩寬。每愁虚報效，中夜起浩嘆。更念倚閭叟，晨盼到夜闌。今年重午節，勝似勸加餐。

蔬香園十咏，爲開化陳明府作

蔬香園

儒生處草茅，藿食當肴胾。偶膺華膴榮，便受脂膏累。斯園號蔬香，匪直雅人致。藉以驗本來，兼留子孫地。

斗室

卜築傍園墻，規模窄如斗。或曰陋如何，公笑謂否否。但願蔀屋農，人人樂康阜。廣厦千萬間，何須一身有。

種壽泉

鑿石得靈穴，名曰種壽泉。中有句漏沙，光明映澄鮮。琪花及瑶草，栽植不計年。飲此一勺水，其壽并偓佺。

延薌廊

種花階墀下，迴廊抱縈紆。和風吹細細，清香引徐徐。客有坐此者，疑與荀令居。再看滿縣花，芬芳更何如。

檥槎亭

環舍多青山，繞亭多白水。遥望春槎浮，直通霄漢裏。世傳織女星，問訊漢家使。支機倘可求，持鎮陟厘紙。

約廬

食約却珍饈，衣約安布素。言約防失口，行約戒窘步。聖賢惟守約，萬動協時措。莫漫逞才華，趾高心不固。

迎薰牖

梧蔭碧依山，藕花紅映水。紙帳薄如無，竹簟净如洗。軒窗四面開，凉風颯然起。不用鎮寒瓜，隨意嘗朱李。

游目騁懷亭

亭曠好看山，墻遮山不顯。剗却天馬山，眼界更寬展。人咤我言狂，我嗤衆見淺。昂首九霄間，誰能窮睇眄。

瓶笙館

蟹眼已微透，魚眼還未生。颼颼作細響，比似笙簧鳴。主人睡初起，籠頭紗帽輕。文字五千卷，一齊和咸英。

緑雲窠

園外復小園，其間全種竹。龍孫解籜時，一片凉雲緑。閑情斫釣竿，餘地安棋局。擬欲寫寒梢，鵝溪裁半幅。

自題《鋤月種梅圖》

梅花最宜月，月亦愛梅花。月添梅潔白，梅助月光華。明月與梅花，有時不并賞。二者兼得之，如魚及熊掌。我今分梅種，正值月三更。眼看蟾魄滿，手發鴉鋤輕。梅喜種千株，花未開千朵。可惜月多情，蒼凉徒照我。我修未梅到，我貌似梅癯。假以我爲花，月卿首肯無？

雜詩四首〔一〕

我有一株樹，植根古皇初。下有麒麟游，上有鳳凰居。雪霜不能到，風雲長護儲。寶花千年開，香氣升太虛。沆露一以零，百彙均沾濡。

我有盈尺珍，孕自女媧石。天然成璠璵，不用琢圭璧。光氣襲虹霓，元精吸日月。自淪荆岫間，浩蕩歷千劫。嘉穀庇斯民，有功希見德。

物生天地間，致用各有適。氂牛逐狡兔，不若韓盧疾。插花衛藩籬，亦不如荆棘。大鵬九萬飛，鷦鷯一枝給。人人盡夔皋，誰爲事耕穡。

騏驥伏櫪時，駑駘笑其側。及遭伯樂知，日食粟一石。飾以紫錦鞍，羈之黄金勒。將軍未出門，風雲已超忽。生歷萬里程，死亦千金骨。

〔一〕「四首」原無，據目録補。

宋儒二首〔一〕

宋儒談理學，汗漫無涯涘。道四吾未能，難在躬行耳。如何蹈虚空，墮入狐禪裏。生徒聚萬人，書札傳千里。君父有大仇，夷然不挂齒。

彝鼎古鐘卣，明堂清廟器。當其前民用，不若瓦缶利。如何近世儒，動慕前王制。封建與井田，躍躍思嘗試。新法不可回，汝曹階之厲。

偶書

銅壺分百刻，半在睡夢裏。壽者稱百年，實則五十耳。奈何人事忙，役役不自已。精力瘁米鹽，毛髮歸妻子。光陰瑣碎捐，餘者復有幾。漢武求神仙，雄心徒自

〔一〕「二首」原無，據目録補。

侈。莊老説忘生，本意實畏死。傳聞上世人，壽多千萬紀。其人何有哉？顧我儼在此。若以較長年，彭籛孰我比。明知後視今，亦與昔相似。我幸有目前，目前且自喜。莫遣後來人，爲我粲笑齒。

秋夜

雨過百蟲亂，各抱凉秋心。新月挂屋角，明河界雲陰。空中發静籟，物外流元音。兹意渺難説，寄之無弦琴。時序有代謝，楚客何悲吟。曠哉蘇門仙，長嘯深山深。

夜宿田家

全家結茅屋，住此梅花村。種植有餘利，衣食到子孫。不知物役擾，但覺風俗敦。日暮喜客至，童稚争攀援。爲我具鷄黍，濁醪盛瓦盆。依依親愛意，款款桑麻言。新月照草榻，藹然識春温。羲農去不遠，幽夢清心魂。

除夕

鄰鷄叫五更，剥啄猶未歇。丈夫七尺軀，愁對忤奴色。未言聲已驕，欲視眦先裂。渠謂講學儒，無信不能立。低聲向客前，有髓盡敲擊。我色益復柔，客詈亦復疾。回頭暗自傷，俯枕還自泣。爾平日所談，《詩》《書》《春秋》《易》。爾平日所爲，忠信義廉潔。如何受熬煎，有似釜魚急。魯齋重治生，子長傳貨殖。有味乎其言，三復永無斁。

夢游柯山

案：柯山即爛柯山，在衢縣南二十里。《通典》謂之「石橋山」，以中有石橋也。道書謂之「青霞第八洞天」。《述异記》：「晋王質入山采樵，見二童子對弈。質置斧坐觀，童子與質一物，如棗核，食之不饑。局終，童子指示曰：『汝柯爛矣。』質歸鄉里，已及百歲，無復舊時人。」

昔我未到衢，便志柯山游。到衢近十載，足迹不一投。豈直俗緣重，多病願未酬。昨宵忽有夢，身已到山陬。清溪繞竹樹，有徑仄且幽。洞天豁然開，奇狀難具搜。當空橫石梁，氣勢百丈遒。一綫通天光，鐘乳石罅流。群仙還然至，騎鶴驂紫虬。或爲千年叟，鬚眉偉且修。或爲二八姝，環佩敲琳球。靈藥不勝采，瓊花恣意收。兩童坐圍棋，神致澹夷猶。有翁旁注視，面目如鸞鳩。云即采樵子，柯爛觀未休。仙童憐我癯，飲我漿一甌。清寒沁肺腑，沈痾立以瘳。足底忽生風，置身峰上頭。五雲鬱繽紛，現出十二樓。前遇方瞳叟，自稱古浮丘。問我來何方，此游頗樂不。贈我懷中物，云是釣臺〔一〕鉤。持此人間去，飛騰遍十洲。

葉太夫人《長齋綉佛圖》

夫人菩薩身，堅持菩薩咒。日爇一爐香，願求菩薩佑。有子勵策名，中途尚淹逗。願求我佛慈，驊騮早馳驟。有媳慧且賢，鳳凰少雛鷇。願求我佛慈，芝蘭滿階

〔一〕「臺」，（民國）《衢縣志》卷二八引作「薹」，當從。

秀。不願食鳴鍾，不願衣曳綉。但願身康强，奉佛坐長晝。

柬劉芳齋

衙齋傍龜山，君正龜山麓。相去不逾咫，有鄰不須卜。君治修竹園，我葺梅花屋。有時過君家，折筍燒猪肉。有時君就我，看花酌醽醁。君强能健步，我病懶移足。欲闢君園西，通我屋東角。梅妻與竹君，一家聯眷屬。

明月

宵長絡緯多，枯坐久無寐。明月依我旁，似有乞詩意。徘徊正構思，忽覺睡魔至。且復挾詩眠，華胥自天地。

庚寅元旦

歲庚寅，余年六十有二，伯氏六十有八，三弟六十，合成一百九十歲。余欲引假歸林，快聚天倫之樂，未能也，書以志慨。

余兄弟三人，垂白還幸全。畸零數壽算，一百九十年。私心初自喜，繼念還自憐。哀哀我二人，後先相背捐。有季夙薄禄，缺月不再圓。伯氏近衰僨，昏眵視不便。叔氏頗善飯，孫未抱膝前。余年甫弱冠，便苦二豎纏。浸淫過三十，湯藥如注泉。四十成進士，五十守青氈。蓿盤今九載，囊槖如磬懸。沈痼近更深，白晝擁被眠。每思遂初服，拂袖歸故園。舊廬既易主，庇風無一椽。家累逾十口，負郭無畝田。進退實維谷，衷腸如沸煎。殷憂果傷人，溝壑能免焉。有客顧余笑，子毋謂其然。榮枯無定情，群動多變遷。蔗宜倒啖佳，花或後時妍。子官雖不貴，七品從班聯。子禄雖不厚，晨夕濟粥饘。子携手上孫，丰度俱翩翩。子有椎髻妻，行坐同蹁躚。視君伯仲行，演劇如訪仙。造化於汝厚，乃反憂顛連。我有一言告，子慎勿舍旃。花落不怨春，水流自成川。飲子澆愁藥，開君慶壽筵。

吳莘夫《二十四照圖》

鴻爪十三年，虎頭廿四幅。行踪雪裏尋，年譜畫中讀。先生甌中英，才名儷潘陸。風流不放誕，道學不拘束。讀書少有園，浸淫富錦軸。還資萬里游，伸我千古目。龍湫與雁宕，近數不更僕。朝揚嚴瀨帆，暮濯西湖足。豪情浙水濤，雅唱江南曲。琴調雙嶼青，茶品供崖馥。言剛盱水聆，駕又麟州夙。壯哉彭蠡舟，高談成敗局。雲飛返故山，鳥倦思投宿。桐蔭認吾廬，團蕉開老屋。蘭仍砌上芳，竹向屏間緑。重矖郝隆書，未荒陶令菊。月待主人歸，輝映花間縟。大冶無停機，流光隨轉燭。園林意自賒，山水盟難續。因思宗少文，齋壁寄游躅。權輿問字年，最後耕親督。妙手倩丹青，麗句編珠玉。半是歷游圖，半作歸田録。道光癸巳春，來衢餐苜蓿。與余謦咳談，便如湯雪沃。斯須出是圖，續貂惠嘉告。我初訝先生，擅許神仙福。披圖過數四，意旨多含蓄。不見叢桂傳，文章趨正鵠。不見鼇峰洞，楸枰對客覆。由來學問事，張弛非一族。徒作行樂觀，毋乃皮相屬。先生真通儒，余亦好奇服。持此謝先生，末途還自勖。

游仙詩四首〔一〕

庭前紫荆花，昨開今已謝。時序不我淹，青春又朱夏。聞説金丹精，力可回造化。我欲謝塵寰，驅馳六龍駕。六丁導我前，風雷驚叱咤。

弱水三千里，過去即蓬萊。蓬萊信福地，金玉爲樓臺。瑶池宴王母，醉酌流霞杯。雲和一再鼓，繁花頃刻開。我欲往聽之，青鳥何時來。

秦皇駕石橋，欲作東海游。神仙不來迎，遺恨歸沙丘。至今所遺石，海外猶昂頭。嘆息蟪蛄智，焉能識春秋。徐福豈誕誑，君自非仙流。

〔一〕「四首」原無，據目録補。

海内有盧敖，海外逢若士。并坐接玄談，不知歲月紀。饑餐若木英，渴飲青霞髓。追隨者何人，云是東方氏。桃實三千年，此子三偷矣。

陳垂石明府索《蔬香園》詩，即送歸東安

從來鼎食人，不識菜根味。結駟懷人憂，徒作温飽計。陳侯往未達，嗜澹同江泌。十年羈冷官，苜蓿安荒廨。及宰山水縣，膏雨民懷惠。既種潘令花，仍餐阮隱薤。政成即投傳，歸隱身心泰。自言徑未荒，語我廬堪愛。名園類此村，自足無埃壒。不到漢陰機，常爲栗里醉。解帶自携鋤，獠奴引阿對。閉門成獨樂，春山自飛翠。溯我初逢君，名園幾歡會。席罷尚留香，令人思不置。君今歸故園，我懷共迢遞。迢遞君得歸，我歸一何滯。作詩贈君行，珍重離人意。菜根飽即福，斯人與斯地。從兹德更馨，不數蔬香細。

七言古詩

張孝子歌有序〔一〕

孝子名泰，號静齋，杭州府學生。父名森，號立齋，余父執也。嘉慶丙子，杭城大火，勢漸及張里，男婦走避，惟静齋隨父居守。斯須勢逾逼，父謂静齋曰：「吾足疾，不能移。汝梯垣，冀可免，無與我俱燼也。」静齋泣曰：「父在，將安之乎？」語未竟，烟焰横飛，火勢暴入，急扶父退避斗室中。四面環灼，穿窗射隙皆火光，孝子引盂水沃却之。自午及酉，旁廈一空，惟斗室三間無恙。時七月二十四日也。余三弟德諧寓于張，備述其异，作孝子歌，以俟采風者。

〔一〕「有序」原無，據目録補。

父謂兒，兒速走，勿苦和我守。我今欲脱勢已難，兒即多一死，於我亦何有？況兒前去有老母，眼中出血盼已久。勿徘徊，兒速走。兒聞言，心慘凄，父在兒安之？兒身百骸受之父，父倘被不測，兒忍獨生爲？況兒料父必不危，平生素行神明知。兒寸步，不敢離。不敢離，事已急，倉遽入斗室。四圍環灼如火城，九死或一生，惟聽命所適。平明周視遍瓦礫，斗室三間峭孑立。驚既定，感而泣。全軀命，兼倫紀，善報俱收矣。堪嘆世人多忍心，夫不顧其妻，兄不顧其弟。耰鋤德色尚難忘，何況關係在生死。我傾心，張孝子。

樓進思滇南遠載父棺歌有序〔一〕

名汝蓋，邑廪生，進思，其字也。父諱錫袠，號得月，乾隆戊申舉人，官雲南思恩縣

〔一〕「有序」原無，據目録補。

令，歿於任。進思在籍聞訃，貧甚，罄資得五十金，單身就道，往返二萬里，竟載父棺以歸。余服其孝而歌之。

昔吾鄉王待制子，遠求父骸滇池濱。父骸不得慟欲絶，滇南草木皆無春。今日吾友樓進思，亦向雲南求父棺。萬里竟載父棺返，村農里嫗都驚嘆。二子之事并在滇，二子之生并吾邑。二子之願不同償，二子之志皆如日。傳聞樓子出門時，傾貲囊篋無多資。訣絶妻子拜老母，兒今請即從此辭。此行不得父棺返，今生莫望兒還期。吁嗟乎，樓子之言驚若此，樓子之志可悲已。樓子職分本當爲，樓子事勢艱無比。尚憶當年得月公，清節不與尋常同。死無餘錢具含飯，一棺虛載夷齊風。樓子千萬都不計，吾今且自行吾意。假到山窮水盡時，皇天忍不矜廉吏。立志移山山竟移，遥天一路飛雲旗。定有神明緊呵護，此事豈獨關人爲。我今長歌當紀事，并以王子相并志，聊仿龍門合傳例。嗚呼，石可爛兮海可枯，二子之名永不廢。

家東屏有楚南張孝女《籲天煮藥圖》一詩，余甚愛之，以類相從，附録於此

飛雪撲簾雲黯澹，女父病危女心慘。停睛凝視藥爐紅，百沸湯中百憂感。岐黄未習寒與温，無形視默通其根。主懷力闢庸醫謬，頓令寒谷回朝暾。忽然顛倒易憂喜，翼日父瘳女病矣。女病難與父同生，女昔暗祈代父死。匆匆埋玉營荒丘，遺篋驚看疏草留。閭里嘩傳孝女事，靈祠卜築工争鳩。此事初不解其理，造化拘牽胡若此。緹縈倘更侍倉公，報施豈不成雙美。問天天豈真茫茫，玉成别有深心藏。人生在世駒奔光，紛紛波逝誰彭殤。不見風前好桃李，斯須落盡空斜陽。彤管今傳孝女張，此景與之誰短長。

桔槔歌

案：桔槔，本井上汲水之具。《莊子·天地篇》：「子貢過漢陰，見一丈人方將爲圃畦，抱甕而出灌。子貢曰：『有物於此，鑿木爲機，後重前輕，挈水若抽，數如泆湯，其名爲槔。』爲圃者曰：『吾聞有機械者必有機事，有機事者必有機心。吾非不知，羞而不爲也。』」案：此即今井上轆轤，此借咏水車。水車亦稱龍骨車，宋以後兩浙蓋已盛行。蘇軾《新城道中咏水車》〔一〕詩「翻翻聯聯銜尾鴉，犖犖确确蜕骨蛇」已稱造語天拔，此詩前半亦曲盡形容。

圜其軸，方其腹，轉以機輪運以足。烏鴉銜尾聲咿呷，渴龍倒吸銀玻璃。忽然叫呼一聲疾，輪轉欲飛水直立。東田西田去漸平，隴頭閣閣田鷄鳴。田水乾，桔槔起，一斛靈泉一斛米。禾稻收，桔槔歇，農夫之慶我無力。漢陰丈人計未深，自謂抱甕忘機心。豈知聖人制器利萬世，大巧原非任私智。服牛乘馬與造舟，結繩不可無書契。抱甕人，將何濟？

〔一〕《苏轼诗集》作「《無錫道中賦水車》」。

老牛行

昔年已穫豐年穀，今年又冀嘉年玉。爲問作苦萬村農，誰似君家老觳觫。蒼烟破曉白鷺飛，一犁穩去如雲移。夕陽西墜未脱軛，老農還怪牛行遲。行愈遲，鞭愈促，恨不牛身添四足。可憐力盡氣已殫，猶向溪頭顧鳴犢。吁嗟乎，農偶值年荒，牛無寸草嘗。農有樂歲補，牛自終身苦。更苦是，稻未登場牛作脯。

米價昂

八月米山積，貧民出糶富民糴。三月米價昂，貧民往糴富民藏。終歲勤動事五穀，何曾半月飽糜粥。去年禾稻僅半收，輸租富户無存留。滿望麥豆暫濟急，又苦縣吏勤誅求。脱衫典錢往入市，米價寧計一倍止。多充糠覈與草根，撑腹聊賒眼前死。須臾緩死亦何爲，其奈高年及稚齒。吁嗟天地心，一樣生蒸黎，富民何樂貧何悲。

我思此事不足悲，循環迭運從如斯。君不見鳩形鵠面沿門乞食向人啼，從前半是富民兒。

苦雨

千山萬山走飛瀑，墻頭不住鳴布穀。幾回欲晴還未晴，隆隆雷隱如旋轆。青天有時開半面，紅日光中夾飛綫。斯須勢大更非常，有似萬軍馳弩箭。記從穀雨壽雨具，直到小滿還未住。太陰若更離畢躔，麥穗定化飛蛾去。安得祥飆吹地起，痴雲掃盡無遺滓。家家餅餌透新香，余亦恍然百病已。

賽神

神祠嵯峨檜樹稠，絡緯有聲凉露秋。鄉農卜歲歲倍收，惟神之賜願神酬。割鷄剥牲雜脯脩〔一〕，麥飯氣濕香浮浮。鐙光燭焰彌山陬，香烟直繞神冕旒。婦子羅拜環四周，願神事事遂吾求。禾麻菽麥滿車篝，灾眚不及羊與牛。師巫鳴角聲氣遒，土樂競作無箜篌。祝祠不文信口謅，亦能協韵諧吴謳。再拜送神徹俎羞，俵分神餕沾神庥。少者赤脚老杖鳩，嚌唑遜坐禮數周〔二〕。豚肩堆几饗作帿，濁膠連盡數十甌。斯須月落峰上頭，踉蹡扶醉穿塍溝。祠門扃閉深洞幽，祠前暝鳥啼鵂鶹。

乞巧二首〔三〕

西風掃盡黄昏霧，雙星耿耿銀河渡。一夜填成烏鵲橋，千家罷織流黄素。罷織殷勤布綺筵，青瓜玉果紛相先。下階拜罷渾無語，暗祝心情自可憐。情深情淺情何極，

〔一〕「割鷄剥牲」，底本《勘誤表·備考》：「《淮南子》：『人主逾勞，是猶代庖宰剥牲也。』一本作『膊鷄爆牲』。」

〔二〕「嚌唑」，底本《勘誤表·備考》：「嚌唑，音哉諧，喧笑貌。一本作『嚌嘈』。」

〔三〕「二首」原無，據目録補。

年去年來自相憶。願借天孫百丈絲，爲郎巧綰同心結。結綰同心恨未長，停睛遥睇雙星光。百年三萬六千軸，究與誰人作錦裳？

人人争説天孫巧，天孫争似人間好。饒伊玉露與金風，一年幾得重相逢。只今渺渺天河上，含情脉脉空相向。世人乞巧儂乞痴，痴情不怕長别離。

立秋前一日作

嗚呼！吾安得相如倚天之劍、寒奡〔一〕行地之舟、魯陽揮日之戈、龍伯釣鼇之鈎？排雲御氣驂蛟虬，揮斥八極横九州；倒傾天河自濯足，踢翻五岳高昂頭。胡爲乎朝擁千重病，暮擁千重愁，妻孥叫擾苦不休，一身束縛如羈囚？節序一去更不留，明日西風又立秋。

〔一〕「奡」原訛「奡」，據底本《勘誤表》改。

自遣二首

嘆老嗟貧苦不止，書生積習類如此。我生向不識耕耘，年老食貧差幸耳。作文送窮窮更多，服藥求生反速死。不如隨分度年華，朝看西山暮經史。

隙地半弓也算園，草花數种也當妍。墾園親自拔荒草，澆花親自分流泉。樹頭好鳥鳴個個，墻陰蛺蝶飛翩翩。裸身赤脚對花笑，人説我癲我自仙。

昭君冢二首〔一〕

案：王昭君冢曰青冢，在今綏遠歸綏縣南三十里。《方輿紀要》：「塞草皆白，惟此獨青，故名。」

客言昭君之冢草獨青，傳聞此事疑不經。征夫十萬埋沙磧，胡獨蛾眉鬼有靈？昭君冢不宜青。

〔一〕「二首」原無，據目録補。

我言青冢之故别有説，昭君自是奇巾幗。琵琶一騎入邊塵，烽火百年銷漢壁。昭君冢不宜白。

西施

越王欲雪會稽耻，暗遣蛾眉事遠征。歌裙舞衫盡甲胄，金樽玉盞皆戈兵。戰場何處是？芙蓉花幔翡翠屏。戰書何時下？城頭月墮霜華輕。一戰子胥北，再戰太子死，三戰吴王亡，蘇臺麋鹿游荒凉。功成身退歸故臣，扁舟同載五湖春。

侯生

如姬兵符魏宫竊，朱亥飛椎晋鄙擊。秦師盡解邯鄲圍，平原作書謝姻戚。問誰致者侯生力，侯生夷門老監者。公子過之停駟馬，侯生偃蹇態益倨，公子殷勤意愈下。感此知遇恩，爲君畫奇策。奇策已獻知己酬，懼公子意還遲留。臨風刎頸向君絶，白鬓一道煎紅雪。

漢高祖

漢大綱正唐目舉，片言定論欲千古。大倫有五大綱三，我請先自漢家數。軍前忍説乃翁羹，身後尚仇阿嫂釜。就烹功狗愧麒麟，臨朝吕雉先鸜鵒。蕭相本是微時交，廷尉無端等縛虎。爾後垂統四百年，孫謀大概襲祖武。唐宗慚德固知多，厥政豈能分衛魯。若以細目論兩朝，疏密均須待修補。儒生偶作解事談，萬族齊聲鐘應鼓。鄙性最是羞雷同，聊作短章破盲瞽。

韓信

昔年韓信遭吕雉，衆論紛紛還未已。我今細揣漢高心，韓信殆萬無生理。英雄具眼閲人多，不信世間有國士。登壇數語令人驚，愛信忌信都自此。愛信非信莫敵項，忌信懼信還敵己。假信滅項信功高，腹心之憂倍項比。相君之背貴難言，此論不待蒯通起。猝難含泪斬丁公，仍復咬牙封雍齒。雲夢已似釜中魚，姑且置之亦有以。功臣無故受誅夷，人人自危禍方始。蕭曹平勃非信儔，子房决策空千里。暗以太阿授婦人，掩耳盜鈴私自喜。豈知衽席敵還生，前者功狗後人彘。

或問：「韓信之反，信乎？」曰：「未可信也。韓信欲反，莫若當秦鹿共逐，袖手觀變，以收漁人之功，否則俟吕鶏之晨，乘隙猝投。以拾熄處之燼，漫無成算而昧幾輕發，自取族夷，韓信之智必不爲也。」又問：「如史公所稱學道謙讓者，庶可免乎？」曰：「未必免也。平素恭謹莫如蕭何，廷尉械繫，况韓信哉？」「然則如留侯之辟穀，可乎？」曰：「亦不能也。無論王封千里，未易弃捐；抑且脱淵之魚，人人可得。山深林密，又何逃乎？竊意信欲免死，惟有終老漁竿耳。」余另有七律一首專責韓信，此論事情，彼論道理，姑兩存之。

漂母〔一〕

一竿顧影清淮深，王孫漂泊愁難禁。殷勤一飯感阿母，异日圖報千黄金。漂母紅潮潑面起，咄嗟王孫言誤矣。吾哀寒餓飯王孫，忍以千金污吾耳。王孫身自致青雲，榮華光顯吾不聞。王孫終守漁竿老，麥飯不妨來共飽。妾身漂衣自爲業，朝漂清淮烟，暮漂清淮月。烟月年年伴妾身，不識千金是何物。

湯雨生《琴隱圖》

毗陵湯將軍，希心游太素。示我琴隱圖，索我琴隱句。圖中結構心自裁，數椽茅屋臨風開。息心展閲三四過，恍有琴音空外來。將軍非隱倫，彈琴得隱意。何期大纛

〔一〕目録有「有跋」二字。

與高牙，別饒流水高山致。君不見謝太傅，悠揚絲竹東山路。又不見諸葛公，愛吟梁甫龍岡中。二公曠志別有托，與君之意將毋同。我案乏古琴，我性愛種花。每逢群葩開爛漫，游蜂新蝶喧晴衙。看花我興孤，彈琴君和寡。何當暇日抱琴來，聽君一曲花蔭下。

曾鎮軍《航海靖平圖》

將軍腹中貯星斗，善武能文吉甫偶。往者貽生擘窠書，字勢欲挾風雲走。三衢秉鉞推元戎，牙纛高懸又甬東。陸地軍容肅鵝鸛，水天陣勢排蛟龍。舟師巡海蛟門外，回首峽江横似帶。萬里蒼茫不見邊，到此始覺乾坤大。畫角喧闐旌旆揚，馮夷鼓枻來中央。冥霧全消驚颶息，一輪紅日升扶桑。近視十洲遠三島，祥雲百道横縹渺。明珠珊樹貢遐珍，番舶連檣來未了。由來清晏仗皇猷，况復人稱博望侯。褒鄂勛名曹霸畫，後先相望遥千秋。

江藕洲郡伯招集樂豐亭觀賞素蘭，僚屬分賦

黄磁斗鮮雲母潔，瑶臺仙子分行立。此花本是香中王，况乃國香兼國色。記從五月始看花，此花尚未抽萌芽。豈知費盡花神力，磨礲寒玉無纖瑕。是時良苗初待雨，亭花乾燥亦無數。忽然盈尺沛滂沱，禾盡回新花欲語。太守狂喜聲大呵，且莫尊罍亭前羅。如此好花兼好雨，無詩紀事將如何。鯫生渾自忘愚昧，揣知太守懷中意。不須多作采蘭吟，添出一篇喜雨記。

題友人家藏倪雲林畫

倪迂名迹世稀有，此幅向從何得之？遥山遠水自成構，纖豪淡墨時輕施。天然意趣入超妙，見者如讀陶潛詩。或云倪畫多贋本，燕鼠周璞非無疑。余生向非賞鑒者，敢信眼目無差池。但求筆格絶凡俗，高下豈在真贋爲。臨摹未必無好手，有驥盡

能千里馳。果皆天姿具國色，尹邢一樣誇蛾眉。世重黄金不重古，好事名目亦相推。有畫盡謂荆關作，有書盡謂羲獻遺。千人齊贊萬人和，孰敢隻字相瑕疵。勸君珍重藏此幅，等閑屏幛休輕輝。每逢讀書神倦後，展此亦足自悦怡。再有狂夫妄解事，請以我詩爲之辭。

聽洋琴歌

雲和之琴空桑瑟，至人渺慮造音律。庖犧不作古響亡，雜沓箏琶始競出。此琴來自大海洋，制度譎詭殊凡常。取材詎用斲桐梓，發聲亦自循宫商。圖形宛然如便面，中緪金弦經百煉。細釘櫛比排兩頭，二十六條相貫穿。携來可擊不可彈，雙椎巧刻青琅玕。琴師舉手指未落，滿座傾聽生心歡。初持孤椎試輕打，秋樹寒蟬飲霜啞。旋舒雙腕著意敲，淅瀝雨飄青竹瓦。左擊右擊無雷同，疏椎密椎相間工。五音和會含衆妙，節奏宛轉包纖鴻。琮琮琤琤盈耳注，碎珮叢鈴滿烟雨。檐前玉砌墮冰簪，洞裏春泉滴寒乳。忽然止椎弦不鳴，反舌入夏希無聲。中心一擊復成響，地底陰雷破蟄轟。

長聲短聲相雜揉，變化在心兼在手。以心運手手運心，小技入神希匹偶。座中聽者皆忘疲，共道此琴金勝絲。柳公雙鎖未爲巧，李氏百張胡足奇。我聞古人作樂各有取，舊典至今存册府。閑邪納正是爲琴，如此曼淫同鄭數。請君舉手絶其弦，靡靡自古不在縣。錦囊出我龍湫瀑，追取希聲太始前。

五言律詩

月夜登獅子岩訪成山師

泉響樹頭出，鐘聲霧裏聞。空齋誰作伴，寒夜尚思君。白氎一身月，青鞋兩脚雲。岩前丹桂子，飄落正紛紛。

青溪晚步

宿雨收殘暑，微風送晚凉。出門無伴侣，信步自徜徉。灘急水聲健，日斜人影長。漸看冬嶺月，流素入銀塘。

游定力寺

言尋定力寺，轉側度山灣。到寺不知寺，入山還有山。寺藏修竹裏，山鎖亂雲間。儘日寺門外，雲山相對閑。

秋夜

白晝神無定，黄昏意更凄。風聲過樹疾，蟲語到秋悲。病少三年艾，窮添五字詩。行藏何必問，鏡裏自看絲。

壁瓶

愛爾新瓶好，携來高處懸。望空春有色，面壁影宜偏。小折欹花朵，微馨逗乳泉。銀缸依古畫，同結夜窗緣。

周竹林小照

面目認當前，衣衫訝幻緣。香山非佞佛，玉局本如仙。跌足寰中地，昂頭物外天。浮雲歸一笑，儘日自悠然。

江郡伯招集樂豐亭賞蘭二首

亭勢出雲端，春融燕寢閑。連畦看秀麥，盈砌種芳蘭。臭味聯今雨，情濃契古歡。不知香久坐，明月上闌干。

纔啓珍珠箔，幽芬便襲人。葉儲瑶甕滿，花綴紫莖新。子弟培它日，衣冠會此辰。幸沾膏露渥，小草亦生春。

送家芸莊赴選北上，時迂道過衢，即便分手案：《新志稿》：陳塈字子農，坡從兄。嘉慶丁卯舉人，改名初田，字芸莊，歷任四川冕寧、廣元知縣，升寧遠知州，有政聲，工詩，後卒於晋。

丈夫志四海，遠别亦傷情。况此暫余過，便教催客行。腸惟裂方寸，話不了平生。究竟簡書重，無爲涕泗横。

送家東屏揀發湖南案：《新志稿》：陳坡字景瞻，號東屏，嘉慶癸酉舉人，簽分湖南，補會同縣。道光十二年，趙金龍倡亂，湖督盧坤調襄軍需。亂平，坤上其功，特授漢陽同知，歷署武昌、黄州、宜昌等府。引疾歸，咸豐十一年八月殉粤難。著有《香葉山房集》，今佚。孫玉粱，字虹如。曾孫棍，字樂書。

明識住無益，勸君還暫留。十年才短榻，萬里又孤舟。人對斜陽立，雲飛古渡秋。願隨南雁去，遠送過湘流。

久病初起

一卧已連月，支離尚不勝。偶然移步履，便似陟丘陵。飲啜但宜粥，扶持欲藉藤。花朝多舊約，顧我亦何能。

病起看花

隔年惟擁被，那復問吾花。今日花經眼，如同客到家。引泉滋燥土，操翦剔枯芽。最是多情草，才芟緑又遮。

王明府《倚蘭圖》二首[一]

翠柏拂雲端，桐陰覆瓦寒。橋通荷蕩曲，水接柳堤寬。俯仰皆圖畫，風流識宰官。訟庭無個事，長嘯倚闌干。

共説人如玉，焉知吏亦仙。捲簾新雨後，脱帽晚風前。稌黍瞻豐歲，琴樽駐小年。萬花香未了，桃李又增妍。

夏夜聽雨

雨聲碎荷葉，虚幌送輕凉。閑剔燈花坐，時聞荷氣香。螢光生暗壁，蛩響起迴廊。漸覺增秋思，還愁秋夜長。

〔一〕「二首」原無，據目録補。

山村二首〔一〕

樹大容十抱，結廬依樹根。引藤堪作壁，編竹自爲門。地僻古風勝，情真樂事敦。團圞斟社酒，高坐讓兒孫。

村後村前路，重重踏亂霞。生涯多種樹，性格不宜花。棗棘渾忘主，牛羊自識家。愛看雲外叟，三兩夕陽斜。

廢寺

不見寺僧出，但看竹樹横。鳥從禪榻起，菌向佛頭生。洗碣摩殘字，敲鐘發古聲。空門原似此，何必重傷情。

〔一〕「二首」原無，據目録補。

大雪

十萬散花手，瓊瑤到處飛。紛綸埋竹徑，歷亂點柴扉。絮恨千重薄，爐空四面圍。最憐窮巷客，幾個辨寒衣。

漫賦

生平讀書史，亦慕古人風。豈謂畢生願，都遭二竪空。驌驦裘盡脱，鸚鵡賦徒工。剩有匣中劍，時時透白虹。

千囊畈二首〔一〕案：今在浙江衢縣小南門外三里許，陳公殁，葬於是，裔孫僑處焉。

畈號千囊古，形如萬井開。溝分三路去，水截大江來。土冷稻遲刈，風多樹少栽。碓聲喧不斷，夜半走春雷。

聞説平疇上，曾經作戰場。牛犁耕古隴，鋒鏃拾遺鋩。世治劍爲犢，年深海變桑。此間稱負郭，焉得不餘糧。

説餅分得開字

輕羽收瓊屑，牢丸入饌來。瀾翻寒夜好，斐娓食經該。璧月千層合。瓊□十字

〔一〕「二首」原無，據目録補。

開〔一〕。漫將名畫比，恣啖興悠哉。

黄泥潭晚歸即事

著屐黄泥坂，沿城暮景賒。亂烟難辨樹，殘雨忽成霞。愛逐溪流轉，無多村路斜。今秋寒意早，刀尺促山家。

江村晚晴

杳杳孤村晚，天邊雨乍晴。山城斜日澹，江樹斷雲横。雁影排空去，炊烟隔岸生。幽居塵事少，伫望獨含情。

〔一〕「十」前原缺一字。

題友人西村别墅

結宇西村好，乘閑我一過。地幽饒水竹，墻古隱藤蘿。老樹著花晚，空亭貯月多。寂寥塵市外，倚檻任高歌。

秋夜登大觀臺

酒酣多逸興，乘月獨登臺。夜冷千峰静，天空一雁來。江河流不盡，今古代相催。白露蕭蕭下，歸途首重回。

山樓坐雨

日暮憑樓望，明湖見一灣。秋光多聚水，雨氣欲浮山。野客披蓑立，昏鴉接翅還。愛過南澗下，傾耳聽潺湲。

游栖雲寺

四面飛山翠，山椒草作茵。寺中僧入定，雲外鳥翻身。奔走幾時息，烟霞暫此親。暮過南澗下，細細數游鱗。

歲暮偶成二首[一]

寒暑有代謝，往來成古今。菀枯隨所集，天地初無心。緬彼松柏性，不爭桃李陰。季鷹何事者，徒作四愁吟。

〔一〕「二首」原無，據目録補。

木葉辭林去，廓然眼界空。寒葩點晴雪，虛谷號陰風。擾擾啅枝雀，寥寥出塞鴻。一般乘氣化，志量詎相同。

黃山

黃山最幽僻，霜氣澹清暉。虎迹封黃葉，人烟出翠微。園丁鴉嘴鍤，獵户鹿皮衣。客到争相餉，新罝白兔肥。

過雲林寺

鐘聲飛隔岸，一水抱精藍。問渡摇漁艇，拈花禮佛龕。夕陽延野色，冬氣斂寒潭。偶爾此經過，詩禪仔細參。

喜沈心源至

難得期君到，風前共振襟。氣芳人似玉，詩好字如金。對弈日初午，焚香夜又液〔一〕。明朝便分手，濁酒且徐斟。

山樓望雨

白日未離眼，烏雲忽上頭。雷聲翻地軸，雨點到山樓。林壑影全失，乾坤勢欲浮。尋常小溪澗，都□大江流〔二〕。

〔一〕「液」，疑當爲「深」。
〔二〕「大」前原缺一字，疑爲「作」。

小園

柴扉扃寂寞，日晡未曾開。得意聽禽囀，偷閑謝客來。園丁間種竹，稚子喜嘗梅。事事皆天趣，此心殊未灰。

舟中會酌

雲外家千里，江心浪一篙。鮮鱗烹縮項，佳果薦櫻桃。歡會皆詞客，狂呼亦酒豪。檀槽聽不厭，仰視月輪高。

晝睡

夜分多不寐，晝睡亦相宜。病久但宜粥，年衰懶賦詩。小溪偷折筍，野客自敲棋。蝴蝶紛紛亂，惟應夢裏知。

五言排律

衢州至聖家廟落成，譚芝田郡伯有詩紀事，作此奉和五十韻

泥馬中興日，雲龍再造時。功推先翊戴，人是聖宗支。楷像吴江渡，天神魯阜隨。地覘姑蔑勝，祠奉素王宜。面水仍疑泗，依山恰號龜。岱宗高并仰，梁木蔭遥披。世代元明嬗，光陰電駟馳。盛衰經反覆，蕩析幾參差。聖主方柔遠，勛臣此視師。投戈陳俎豆，釋甲翦茅茨。載展經綸手，重營美富基。者番功最偉，厥後踵難追。風雨多摇撼，窗櫺半側攲。烟埋丹壁黯，蟻蝕畫梁摧。太守龔黄侣，先機召杜知。文衡三輔朗，使節八閩移。燕寢塵初洗，龍蹲謁不遲。竦觀頻踧踖，周覽劇躕踟。謂此真余責，行當籲衆咨。平明施誡令，五屬集英耆。司鐸猷同贊，參戎義勇

爲。萬山盤馬足，千仞伐虬枝。以此人逾奮，因之遠不遺。驚看千載業，奏自一年奇。杰閣凌清漢，周垣繞碧池。崇臺鋪瑪瑙，采瓦琢琉璃。既息般垂役，俄修考落儀。藻芹羞沼沚，羽籥列階墀。陟位文兼武，躋堂禮與詩。長歌賡往迹，作記示來兹。憶昔謀初下，紛然論各岐。策煩群力舉，役爲一家私。郡邑非無祀，閭閻矧告疲。强擎天上柱，笑測海中蠡。慮始情原憚，煩言惑愈滋。瀆真同築室，棼亦等治絲。公謂無難者，吾其剴諭之。人皆濡道化，物各秉天彝。草木猶依被，神明孰誑欺。諄諄伸肺腑，惻惻入心脾。或至感而泣，非徒悦以怡。始知誠乃動，勿畏衆多携。奕奕瞻新廟，隆隆創巨規。乾坤居不朽，日月耀長垂。氈席叨承乏，鱖生嘆後期。半籌慚莫展，數仞幸容窺。况誦靈光賦，彌增景行思。句奇淩杜律，語重爍韓碑。假以黄荂曲，親兹白雪詞。却看鐫石處，光焰燭蟠螭。

七言律詩

南鄉

一重山水一重烟，此處居民似隔天。五月楊梅和露摘，三春菝葜夾雲煎。歇來樵擔頻呼酒，引得溪流自灌田。吠犬不驚官課足，鶯花無限日高眠。

山居

闢得蠶叢一綫横，誅茅爲屋竹爲城。深林猛虎分人迹，静夜幽禽作鬼聲。雲脚易生晴不散，日輪難透午初明。怪他百歲銀鬚叟，飛越松關似鳥輕。

暮春

纔看原上百花新，杜宇聲中又暮春。愁到不堪和客語，病來祇覺與床親。虛憐馬齒逾三十，却被猪肝累一身。悵望雲山遮隔處，喘吁還有白頭人。

落花

紅樓翠幕幾時妍，飄墮東風亦可憐。文士才華還似錦，美人心事已如烟。遠隨蝴蝶分橋畔，低向鸜哥别檻前。留得靈根應未朽，暗通芳訊又明年。

由山盤借館雲樹庵避暑

案：二十八〔一〕都一圖山盤莊在縣南五十里，村有楊梅林，至今未替，故前詩及之。

綠樹陰濃不見墻，山村未有此間涼。乞將狗子參禪地，暫作鯫生講學堂。暮鼓晨鐘堪共警，冷虀腌腐亦同嘗。年來沈約專工病，還問吾師却老方。

住持延齋

香積厨開素饌供，感他方外禮偏恭。安排冷几觀音竹，添設雅供羅漢松。晶豉拌蔬皆嫩摘，雪匙嘗稻喜新春。鷄頭飽啖無憂渴，還有湖州紫筍茸。

〔一〕「八」原脱，據底本《勘誤表》補。

中秋望月

冷露瀼瀼濕桂花，半空誰轉玉輪車。風光占盡樓臺夜，景色偏宜富貴家。公子金樽臨水榭，美人翠袖隔窗紗。誰憐蕭寺孤吟客，静坐空庭惜歲華。

由雲樹庵返館山盤留别寺僧并諸父老

快得離粱二月留，驚看舊壘又重修。多情款我難爲别，世事驅人不自由。衣帶定傳他日話，雲烟忍對隔山秋。差欣携手無多路，只隔盤溪一帶流。

余之返館山盤，循舊約也，而生徒大半不悦，仍以秋燕爲喻

過得炎天秋又歸，傍人門户計全非。呢喃空有聲音巧，軒翥終嫌羽翼微。大厦誰

家堪久戀，衆雛兩路欲分飛。算來不若閑鷗好，穩住滄浪舊釣磯。

館中并頭蓮盛夏未開，詩以催之

舊是雙喬脱玉胎，江東别後又重來。如何水底和香睡，不見風前對笑開。豈爲羞人頻縮瑟，多應待伴故徘徊。望卿妝罷連肩出，免使花奴羯鼓催。

主人指盆柏索題，席上口占

本是淩雲千尺姿，區區盆盎詎相宜。受人束縛緣多病，驚我文章定有時。聲價幾增華屋重，尋常莫向矮檐窺。曾從老圃風霜裏，見慣楊枝與柳枝。

和友人《暮春山莊即事》二首

金桃花落漾銀溪，石磴看雲晷未西。絲網密堪收活鯉，竹籬深好護雛鷄。匏樽滿酌村醪賤，土鼓連敲牧唱齊。革帶布袍何日也，木蘭亭外子規啼。

金褪垂楊緑滿溪，石欄横壓小橋西。絲車到處繅新繭，竹院誰家唱午鷄。匏實淺深聊學種，土花開落半難齊。革除塵慮詩懷暢，木榻閑眠鳥又啼。

和陳肯堂《觀奎燈》原韵二首

十二樓臺皎若秋，彩雲全現霧全收。騰輝遥指奎聯璧，望氣渾如劍射牛。蓮焰待分三品涌，筆尖誰燦五花稠。江南有客傳高唱，翹首鼇峰最上頭。

瑶箋裁就錦雲章，字裏行間燦有光。上界星辰標斗極，人間才藻儷皋揚。不慚銀燭分中禁，會待宮袍賜上方。莫認尋常私頌祝，早通佳夢格穹蒼。

和友人《咏雪》原韵

灑灑洋洋整復斜，遍山之隩水之涯。此時太白横千里，昨夜奇寒報萬家。惟有豪情傾竹葉，更無香夢醒梅花。先生渾不愁龜手，袖出新詩向我誇。

和倪石門《白菊》原韵

揮盡鉛華轉更華，凡心未與賦兹花。空如禪意難留色，澹到秋容尚厭奢。霜月襯來詩近俗，瓊瑶擬就句多瑕。何如寸鐵都抛去，白戰無前見作家。

除夕有感

飄零心事漫嗟吁，又是光陰過歲除。百首新詩搬草木，一生至計遜樵漁。多才蘇季方投策，垂老虞卿尚著書。引鏡自看還自惜，頭毛大半已班如。

登八咏樓

案：在浙江金華縣舊府學西，本名玄暢樓，齊隆昌初太守沈約建，有《八咏》詩，今刊石嵌列樓壁，公詩所謂「猶載舊文章」也。或謂宋至道間郡守馮坑更名八咏樓。案：唐人崔顥有《題沈隱侯八咏樓》詩，李頎有《八咏樓懷古》詩，嚴維送客之婺州，亦稱「明月雙溪水，清風八咏樓」，是唐詩已名是樓曰「八咏」。

雙溪來往接千航，緑樹連陰壓女墻。人事幾更新歲月，溪山猶載舊文章。晴烟漠漠浮空翠，迴雁聲聲叫夕陽。最是登臨無限意，浩歌一曲付滄浪。

初過蘭溪

蘭溪縣治小如螺，也學風流艷綺羅。列肆漸看田器小，操舟半是女郎多。烟昏魚市已呼酒，月墮馬頭還聽歌。此去再行三百里，西湖佳麗又如何。

西湖曉[一]泛

曙烟一抹尚横拖，便向西湖放棹歌。摇出六條橋外去，轉從三塔寺前過。園亭人巧施來半，岩壑天工結就多。明日要誇行脚健，韜光徑裏白雲窩。

〔一〕「曉」目録訛作「晚」。

觀潮

萬馬千軍攪一團，枚生妙筆賦應難。大觀最是三郎廟，餘勢飛過七里灘。到眼魚龍驚出没，回頭天地亦清寒。霎時鉦鼓都收盡，龕赭門高鏡面寬。

伍胥廟

一戰聊將檇李酬，勿摧蛇虺總堪憂。吴王强學人君度，宰嚭專爲敵國謀。麋鹿有言誰與驗，屬鏤多恨遽相投。忠魂化作江濤去，撼岳排山怒未休。

讀《淮陰侯傳》

青燈每讀淮陰傳，試把當時事勢詳。逐鹿自需真國士，升猱能忍假齊王。胡床此日圜初轉，鐘室他年兆已彰。三杰功名皆震主，何曾鳥盡徧弓藏。

書岳鄂王事

案：文徵明《滿江紅》後半闋云：「豈不念，封疆蹙。豈不念，徽欽辱。念徽欽既返，此身何屬。千載休談南渡錯，當時自怕中原復。笑區區、一檜亦何能，逢其欲。」合讀公詩，都是誅心之論。

剛斷由來擅廟謨，區區賊檜亦何誅。三軍倘入黃龍府，二帝能忘赤伏符。殘局但堪支半壁，長城那恤壞中途。太平樓建朝廷小，千古傷心有是夫。

虎丘

每逢名勝必句留，况是人人説虎邱。一段溪山蒙錦綉，傾城士女雜車舟。直將净地爲游地，便把茶樓當酒樓。吊古評今都不用，覷閑兀坐劍池頭。

揚州晚泊

烟花艷聽説揚州，夢裏還思跨鶴游。此會二分明月夜，何曾廿四畫橋頭。行人欲醉平山路，仙子俱迷隋帝樓。都被舟人催促去，空將心事付邗溝。

黄營

案：黄營，鎮名，即王家營鎮，在江蘇淮陰縣北五里，當淤黄河北岸。海道未通以前，從陸路入京者，多取道於此。自此舍舟而車，所謂「今朝才識馬蹄塵」也。又案：《虎邱》以下四首蓋作於公車北上時。

連日征途問水濱，今朝纔識馬蹄塵。三更風緊便辭店，二月霜威尚逼人。酸腐厭嘗盤上饌，野花空鬧路旁春。相逢盡是天涯客，半刻萍踪意亦親。

蘆溝橋

溝形如帶繞金湯，跨出飛虹百丈强。前路樓臺通帝里，後來車騎接良鄉。幾人登去仙能證，到此經過夢亦忙。我不知愁如少婦，愛看晴日上扶桑。

烏傷先達四首

秦顏孝子烏

事親至孝，父亡，負土築墳，有群鴉銜土助之，烏喙皆傷，因以名縣案：墓在縣東北四里，西爲孝子父墓，東爲孝子墓。宋魏了翁題曰「秦顔氏烏傷墓」，原碑存。又秦曰「烏傷」，王莽曰「烏孝」，唐初始易稱「義烏」。

群鴉還記舊時靈，嗟若先生信典型。一築秦泥兼漢土，千秋地義與天經。桃花不羡仙源碧，燈火長隨佛寺青。珍謝扶風賢令尹，雲礽不斷薦椒馨。乾隆間，邑明府趙公宏信訪六都顏氏承祀。

唐駱侍御賓王

黄臺瓜落慘聞歌，啄盡王孫痛若何。鷃鵡一朝難折翼，貔貅十萬强横戈。雄文此後真無兩，大義當年總不磨。却怪延清舊相識，龍宫錯認老頭陀。

宋宗留守澤

太息神州付陸沈，苦將忠義勉如林。風雲泥馬驅還倦，荆棘銅駝恨不禁。播越計誰淆國是，偏安局早定天心。迴鑾廿四空腸斷，那得黄鸝和好音。

明王待制禕

字子充，文章與宋濂齊名。明祖下婺州，徵至行在，後進《平江西頌》，上喜曰：「吾固知浙東有二儒，卿與宋濂耳。學問之博，卿不如濂；才思之雄，濂不如卿。」洪武三年，同宋濂總裁《元史》。五年，持詔往雲南諭降梁王，爲梁王所害。

雄才冠絶四先生，正是蘭臺稿屬成。佐命群公皆北向，請纓壯志獨南征。赤心不負君王托，烏喙終無故舊情。死事聞朝廷，竟無恤典。重繭棘人淒欲絶，寥天灑泪溢昆明子紳赴滇求遺骸不得，有《滇南慟哭記》。

自題小照

不是維摩畫裏禪，也非飲酒醉中仙。閑雲野鶴渾無繫，葛履短衫聊自便。驀地呼奚烹緑茗，有時倚樹看清泉。翹然此意從何托，朗誦南華秋水篇。

葉璞山《自求圖》

我即是伊伊是我，伊求我即我求伊。伊休怪我箕踞態，我却思伊征逐時。走馬控殘金絡首，傳杯携遍紫玻璃。山盟海誓今何在，仔細迴頭一想之。

湯雨生《懷僧圖》

留衣贈帶自何年，久隔音塵亦悄然。空向馬蹄抛歲月，那從鴻爪覓因緣。金繩羨爾修生佛，玉局慚余學散仙。一十九家雲水闊，寄懷無地托毫顛。

壬午九月赴衢州教授任四首

三衢大略定如何，有客殷勤爲我歌。瀔水西南千舸集，霞關左右萬肩摩。士親闕里仁風扇，壤接仙鄉好夢多。行矣先生莫留戀，善爲盛世育菁莪。

也識符分百里榮，當年李密細陳情。桑榆景暮憐兒病，余就教時，先君年已望七矣。衣食途艱仗友生。飧蓿敢嫌滋味淡，如蘭先佩訓辭明。文遠臯師、翟雲莊師皆勸余就教。只愁大失青衿望，鷄骨岩岩一老傖。

布囊襆被促行裝，回憶從前暗自傷。一命幸叨窮鄭谷，十年仍滯老馮唐。嘉慶癸酉就教。私情罔極烏空戀，先君於嘉慶己卯逝世。薄俸無多鶴忍嘗。瞬息白雲迷釣渚，松楸不見泪盈眶。

入門九拜篆新携，正是黄金鑄熟時。十月初一日接篆視事。翻譜敢攀賢太守，郡伯譚芝田同戊辰鄉榜。同舟欣炙舊司儀。西齋姚又芝於嘉慶三年署烏訓篆。長官初見稱呼錯，紳士紛來接應疲。莫道鄭虔無個事，案頭陳牘也離披。

梅

誰把江南贈所歡，早知何遜主吟壇。先春風月援尊待，到處園林掃雪看。幾點静依山石瘦，半枝斜挂水雲寒。品高自是稀儔侶，一鶴飛來伴井闌。

蘭

瓦盆供向艷陽天，密葉青葱似薤堅。香國尊稱誰與偶，詩家名句不多傳。集蓉合襯騷人佩，采藻堪思季女賢。一種芳馨何所擬，連床共話十年前。

荷

葉葉花花相間工，群芳性格又難同。氣清不假三更露，香遠慣吹六月風。論次服他儒者定，社緣尚記釋門空。生憎詩思多雕繪，出水天然愛謝公。

菊

芳菲春事總休稱，不見階前錦綉盈。擺出百盆皆异種，賸餘一半尚無名。秋來如許多佳色，澮字方知非定評。聞説鄰園栽更好，小株分得比連城。

江郡伯招集樂豐亭觀賞素蘭

漫把都梁一例吟，晶簾映處影沈沈。但聞席上香俱滿，不記花間色可尋。入室每同金作契，有言應是玉爲音。憶從前度群仙會，洗滌詩腸又到今。

挽陳簡齋

每飯難忘陳簡齋，十年曾與共徘徊。接人和藹春三月，拔俗襟期酒一杯。城市不妨鴻鵠遠，根基多爲子孫培。只今聽説麟山麓，惟見松陰覆緑苔。

挽陳肯堂

儀容修偉志軒昂，想見當年陳季常。每以至誠聯骨肉，特伸卓識論文章。异書萬卷留兒讀，宿債千金代友償。底事虞淵多促景，士龍亦復嘆新亡。

挽陳旌其、復其兄弟

修飾毫無是二其，平生心迹少人知。持門大概宗猗頓，愛客頻能説項斯。最恨潘郎頭易白，可憐公冶獄多疑。年來又説西風緊，次第摧殘棣萼枝。

挽應二梅

冷署羈栖瞬六年，交游屈指幾人賢。先生特地推風雅，與我相逢在几筵。盈唾珠璣傾席上，兩心膠漆訂樽前。春花秋月頻携手，那憶清寒是舊氈。

懷傅霖墅

案：《新志稿》：傅代言，字良弼，號霖墅，嘉慶癸酉舉人，候選教諭，道光甲午卒。孫履泰，字旋吉，同治甲戌歲貢；晋泰，字錫蕃，同治癸酉選貢，光緒壬午舉人，江西試用知縣。曾孫勤文，宣統己酉選貢。公與代言爲中表親，其卒也，公爲之傳，内稱「道光壬午，余赴衢學任，而霖墅亦爲姑蘇之游。戊子六月，霖墅忽至，留至歲除而别。又五年，余作詩懷之」。是此詩作於道光十三年癸巳也。

客歲衷懷半載傾，今朝重憶子生平。詩文最厭嵌奇字，面貌何須學古情。破帽青山雙蠟屐，殘宵銀燭一楸枰。眼前碩果看無幾，搔罷頭顱也自驚。

再挽應二梅

罷戰文壇數十春，征衣中路厭緇塵。游山舊到仙真窟，卜宅新偕聖裔鄰。正擬聽鸝邀社友，忽驚跨鶴悼人民。素車白馬嗟何及，遥望蓉城最愴神。

鄒竹坡《意釣圖》

釣魚不作羨魚想，想見先生寄托深。空際綸竿自摇曳，眼前鱸鱠看浮沈。醉翁之意不在酒，陶令無弦原是琴。此種曠懷何所擬，夜分明月臨江心。

自題《春園樂事圖》

園丁報我春色好，且携兒輩嬉春陽。繞膝扶肩各天趣，拈花捉蝶從痴狂。此曹本是我心累，此樂還教我暫嘗。自笑童心猶是汝，却憐爲汝頭成霜。

七言絶句

江郡伯《紅袖乞詩圖》二首〔一〕

銷金徒解醉嬋娟，學士茶聞雪水煎。何似梧桐秋月夜，萬花齊拜李青蓮。

文人才思美人心，送入良宵一刻金。此福阿誰消受得，揚州杜牧笑題襟。

〔一〕「二首」原無，據目録補。

《乞食紅袖圖》四首〔一〕

締遍人間金石交，床頭金盡總相拋。無端幻出空中色，亦寫牢騷亦解嘲。

轉從季女告斯飢，此格翻來似太奇。恥説千金酬一飯，俠腸本是屬蛾眉。

桃花流水到門前，宛似胡麻餉客年。劉阮也應饑欲死，翻教意外遇神仙。

走亦頻遭磊磈場，窮途空學阮郎狂。不如頂禮依紅拂，灑向花間泪也香。

〔一〕「四首」原無，據目録補。

和湯恭人《斷釵吟》原韵三首〔一〕

往事驚提且自休，廣陵餘響付悠悠。如何匆促瓊花觀，舊恨新懷迸上頭。

大界原知共劫門，最憐釵斷玉還存。傷心此會知何擬，蠟炬成灰泪尚温。

瓊枝摧折竟如斯，愁向妝臺理鬢絲。三十九年渾似夢，斷釵時記與釵時。

湯雨生《劍人緣》詞四首〔二〕

斫地狂歌日幾回，床頭半夜走風雷。荆卿一片心肝赤，全仗吴鈎揭出來。

〔一〕「三首」原無，據目録補。

〔二〕「四首」原無，據目録補。

茫茫孽海起風波，幾輩英雄受折磨。一味峨冠談道學，定教冤泪溢恒河。

鼠輩何堪污屬鏤，重洋萬里擊蛟虬。功成不受封侯印，願逐鴟夷泛小舟。

携將弄玉去乘烟，亦羨鴛鴦亦羨仙。痴夢黄粱誰未醒，趁閑看演《劍人緣》。

江山船四首〔一〕

案：《建德志》：「漁船九姓即陳、錢、林、袁、孫、葉、許、李、何是也。前志稱其『世居建德江，以捕魚爲業，居民不與爲婚。先爲陳友諒部將，明祖即位，貶爲漁户。清沿明制，故至今賤視之』。」案：明兵在建德與戰者係張士誠部，與友諒不相涉也。施肩吾詩：「可憐江北女，慣唱江南曲。摇蕩木蘭舟，雙鳧不成浴。」是建德伎船，唐已有之。或謂：「此種漁户，皆亡國大夫遺族。宋末都杭，朝士愛嚴陵山水，避世於此。其不舍舟登陸者，猶是薇蕨首陽，以明不踐土、不食毛之意。因專以捕魚度活，兩槳一舟，自成眷屬，淺斟低唱以外，别無他長。俗稱『九姓漁船』，亦曰『交白船』，言止能助清談而已。」錢塘梁應來謂：「江山船婦曰同

〔一〕「四首」原無，據目録補。

年嫂，女曰同年妹。凡業此者，皆桐廬、嚴州人。同年者，字之訛也。不知江山船者乃濫觴於江山縣之富户，明制搢紳之家皆可自蓄歌伎。富户歿，流而爲此。九姓專指漁户而言，原一而二也。」案：此謂江山船别於九姓，但今語併爲一談。船多檥瀫濱，琵琶半面，江渚烟花，公《初過蘭溪》詩所謂「操舟半是女郎多」也。

稱呼一例唤同年，儂是漁家九姓船。江月江花看未了，富春溪畔鈎臺前。

蛾眉掃罷便天涯，飄泊隨風似亂鴉。日暮蘆灣齊泊起，啼鶯語燕又家家。

纖手親携緑玉竿，天風吹動柁梢寒。相逢有話匆匆説，阿姊上灘儂下灘。

賣笑追歡取次過，木蓮老去奈愁何。妾身願化江頭月，歲歲年年照緑波。

孤山訪梅

雲外猶看鶴影回，此梅可似舊時梅。斷橋流水孤山月，一段詩情畫出來。

西湖

畢竟西湖比西子，還將西子比西湖。白雲紅雨蘇堤上，當得夷光小照無。

初冬晚眺

寒梅信息未全通，寥落惟看嶺上松。行過斷橋流水外，野花時見一枝紅。

鷺鷥

春漲初平杜若香，雙雙白鷺下銀塘。也知滿腹窺魚意，氣象看來總不忙。

橄欖

功用非徒醒酒脾，諫臣心事爾能知。縱然記得回時味，祇覺難堪適口時。

賣花

拈得紅絲帶露穿，賣花正是賣餳天。緑楊城内人多少，一一春雲壓鬢邊。

水仙

盈盈弱質初臨水，渺渺清姿欲化烟。若向洞虚聯眷屬，梅花應亦號山仙。

茶花

解渴功勞都嗜葉，耐寒景色亦宜花。詩人自古稀題咏，總被梅花壓住他。

鳳仙

此花亦是有仙名，幺鳳分明插翅輕。底事別名還菊婢，瓊臺去伴董雙成。

蠶娘

蠶娘盡日無梳洗，辛苦看蠶過一春。巴得新絲到城市，綾羅照眼是何人。

農夫

一區看到幾時肥，芟草歸來日又西。麥〔一〕飯未遑擎到手，痴男嬌女聽啼飢。

徜齋守歲

漫把春寒嘆舊氈，妻帑相守且歡然。門前剥啄無人到，殘菊一枝開過年。

牽牛花

種及明河玉露凉，碧花籬落點秋光。曉風殘月年年恨，説與黄姑總斷腸。

〔一〕「麥」原訛「上」，據底本《勘誤表》改。

鸚鵡

翠羽修翎語自工，轉因文彩入牢籠。聰明自古原多誤，一雁君看脱遠空。

牡丹

紅塵稀得近仙葩，猶是重重錦幔遮。底事孤山窮處士，雪深三尺賦梅花。

對影二首〔一〕

模糊面目認難真，踪迹惟渠獨我親。自笑生平多落拓，累君亦復落紅塵。

花期共踏蔣生徑，雨後同關陶令門。欲與先生商出處，先生一概總無言。

〔一〕「二首」原無，據目録補。

附詞一闋〔一〕

滿江紅 湯雨生逍遥巾題詞

一頂烏紗，休把我、渾身束縛。説恁麽、猿臂封侯，虎頭食肉。故事傳將雁門道，新詞翻盡陽關曲。記羅浮、山路看梅花，丹將熟。　訪仙尉，低頭屋。假羽士，喬裝束。一霎時藏過，英雄面目。爨下豐干剛識破，雲間鴻迹忙追逐。贈一巾、無礙也無牽，逍遥樂。

〔一〕「闋」目録原作「首」。

附駢文一首

譚筠庭封翁八旬壽序

夫登泰岱之高者，必躋極於日觀之峰；涉黄河之深者，必探源於星宿之海。是以修桐百尺，鸞鳳發其清音；若木千尋，雲霞結成异彩。矧乃彝倫爲楷，陳仲弓夙望殊隆；禮範躬親，謝太傅新猷正焕。惟仁必壽，教孝斯忠；自昔爲昭，於今益信。恭維筠庭封公大人，宏農華胄，江左名儒。夙好在乎《詩》《書》，要道先於孝友。抑抑庭除之内，時咏白華；怡怡伯仲之間，惟吟青玉。若其文園振藻，藝苑摛華，風生渥水之駒，采耀丹山之鳳。略施端緒，便摧童子之軍；藉甚聲華，更專博士之席。每聯吟而入社，獨許探驪；迨歌雅以興賢，首先鳴鹿。固應長鬐激浪，掀騰弱水三千；健翮摶風，直奮天池九萬者矣。然而情殊霧豹，家有石麟，姑留霖雨於他年，無异風雲於此日。於是開蔣徑、下董幃，聚入室之生徒，詔趨庭以詩禮。摘艷熏香之手，齊向執經；雕龍綉虎之才，咸來問字。操觚有式，但宗先正典型；度巧得針，不作近時花樣。談藝之暇，最富搜羅；握槧之餘，彌耽著述。上規三古，旁及百家。錦軸牙籤，赤文緑字。析理則關閩濂洛，盡徹源流；治經而賈馬鄭王，胥歸檃括。書成萬紙，無非翼教扶倫；傳出一篇，便足式浮矜靡。宜其青雲路上，年年接脚門生；緑野堂前，個個讀書種子也。若乃述其生平之砥行，悉皆本於學問之深醇。徒觀夫不匱之思、孔懷之誼、睦姻之德、洽比之仁，固已耳熟里評，無煩不律矣。更若見必衣冠，馬伏波則最恭丘嫂；居無南北，阮嗣宗詎專喜阿咸。懷間之刺已漫，不識臨邛有令；床上之衾半裂，尚憐公子無衣。其操之一己者，皆斂福之疇圖也；其收之後嗣者，悉燔衢之左券也。用致我芝田郡伯大人，蟾宫早步，雁塔先登。甫簪筆乎木天，旋乘驄於柏府。主衡關内，目無五色之迷；分校禮闈，樹盡三珠之采。民殷厥望，帝簡在心。遂五馬以膺符，乃一麾而出守。初從漳浦，移莅柯山，地當四達之衝，政維先務之急。爾乃瞻鱗鳳而敞宫墻之制，仰高山也；緬琴鶴而隆俎豆之儀，企芳躅也；修百雉而底金甌之固，重保障也；瀹五渠而看晝鷁之浮，宏灌溉也。塾名正誼，髦士樂其攸宜；堂號同仁，惸獨拯其無告。輶軒領篆，采風謡於嚴瀨沈樓；棠樹分陰，溢膏澍於障山苕水。維時封公鯉庭就養，燕寢凝香，雖居重茵列鼎之間，依然脱粟布衾之素。每迴念夫家園菽水，飯啜青精；慣修吟於官閣梅花，手惟黄卷。斯同心同德，爾室交釀其慈祥；而壽而康，萬姓式遄其歌舞。茂兹耆碩，絲綸與車服齊榮；宜爾子孫，喬梓共芝蘭輝映，謂非積善餘慶之明驗歟？歲在柔兆，律協應鐘，當梅萼蓉艷之時，正岳降申生之日。椿齡紀八，桃實盈千，偕四世以稱觴，合萬民而祝嘏。衣看兒舞，金章紫綬之人；杖喜孫扶，瑜珥瑶環之彦。某等自維樗櫟，忝荷栽培，夙親北斗以依光，敢效南山而獻頌。所願龍光叠錫，彩雲籠稱意之花；鶴算頻添，晴旭麗恒春之樹。